HEAT

일러 두기

저자 고유의 글맛을 살리기 위해 일부 문장에 비속어가 포함되어 있으며, 표기와 맞춤법은 저자의 스타일을 따랐습니다.

HEAT

SWINGS

함께 들으면 좋은 OST

Kanye West - Amazing

프롤로그

안녕하세요.
스윙스 혹은 문지훈입니다.

보통 저는 랩을 할 때와는
다른 태도로 글을 씁니다.

일단 장난끼를 많이 뺍니다.
또 실력을 뽐내려 하거나
저를 증명하려 하지 않습니다.

예술은 우리의 잘난 점, 못난 점
다 보여줄수록 본질에 가깝다고 믿습니다.
어려웠지만 오랫동안 저도 그 본질에서
멀어지지 않으려 지내왔습니다.

우리는 치부를 드러내는 것을
싫어합니다.

세상은 험악하기에,
누군가에게 혹은 사회에게
더 크게 내 약점을 함부로 공개했다가
그것이 나에게 올가미가
될 수도 있기 때문입니다.

아이러니하게도 우리는 자신의 치부를
드러내는 사람을 용감하다고 하고,
그 사람을 보호해주거나 더 나아가
위로 비상시켜주기도 합니다.

그 이유에 대해서 생각을 해 봤습니다.

지금 저는 한 카페에서 이 글을 쓰고 있습니다.
제 옆에 있는 수십 명의 이방인들의 모습을
몰래 그리고 짧게 관찰했습니다, 방금.

이들은 다 나처럼 외로움도 있을 것이고,
가지고 있는 비밀이 많아
그 외로움이 어깨 위를 묵직하게
누를 때가 많을 것입니다.

서로의 치부를 깨닫게 되는 순간,
그때 모두의 어깨 위 외로움의 무게가
잠시라도 증발하는 것을 느끼는 것일까요.
덜 외롭게 느껴지는 것일까요.

'나만 힘든 게 아니었구나'라는 생각이 들어서?

다른 사람들의 감정의 경험에 대해서는
함부로 이야기하고 싶진 않습니다.

다만 저는 이렇게 느껴왔습니다.
사람들은 솔직한 타인들을 항상 좋아하고
동경해 왔습니다.

이런 사람들을 볼 때,
마음속에서 따뜻한 불이 올라오는
경험을 해 왔습니다.

그리고 불은 나누면 커지고
퍼져 나갑니다.

누군가에게
이 책이 불이 됐으면 합니다.

감사합니다.

목차

내가 언제나 동경해 오던 대상들은 소위 말하는 허슬러들이었다. The CEO 타입. 금욕주의적인 사람들. 단기보단 장기적 쾌감을 얻으려 당장의 작은 만족을 희생시킬 줄 아는 사람들. 이성의 칼을 갈아서 게을렀던 과거를 묻어버린 사람들. 우린 정말 다 동물이기에, 얼마나 많은 반복 학습을 통해서 그들이 변했는지 우린 다 아니까, 그게 너무 멋있거든. 그들이 존재하기 때문에 우리가 방패로 사용했던 핑계라는 것이 무력해져. 그 방패를 들고 있는 사람은 추해 보이게 돼.

나는 '불가능해서 안 된다'라고 했던 걸 그들은 해버렸으니까. 더 이상 나의 주장이 유효하지 않게 됐으니까. 연막이 사라지고 진실만 너무 투명하고 선명하게 보이게 됐으니까.

내가 좆밥같이 행동하는 걸 정말 부끄러워 보이

게 만들어줬으니까.

그런 사람들이 이 세상에 소수로라도 존재해 왔기 때문에 우리가 여기까지 잘 왔다고 생각해. 흔히 말하는 일에 미친 '미친 인간들'에게 너무 고마운 마음이 들었어. 지금 카페인데 종종 보면 여기에도 그런 사람들이 보여서 든든한 기분이 들어. 앞으로 더 나아갈 영감이 생겨.

인생은 짧고 젊음은 더 짧다. 즐기는 건 맞는데 일을 통해 견고하고 탄탄한 자기 건축이 가장 올바르고 멋있는 방식이라고 난 생각해. 그들이 퍼다 나르는 불에게 감사함을 보내며.

미안

방금 어느 한국 가수의 음악을 제대로 처음으로 파고 있었는데, 그분의 어느 앨범을 듣고 너무 행복해하고 있었어. 이유는, 너무 이 사람이 진심으로 멋있어서. 진짜 그냥 너무 멋있어서.

그런데 갑자기 어느 싱글에서 정말 그의 레벨에 맞지 않는 노래를 듣게 됐어.

그때 실망감이 장난 아니었어. 진짜 아름다웠던 이분의 유리 액자에 담긴 고급스러운 사진이 와장창 깨지면서 바닥에 떨어진 것 같았어.

여전히 이분의 팬이지만, 그리고 이건 누구나 할 수 있는 실수지만 너무 놀라운 건 무엇이었냐면, 내가 상처를 받았다는 거야.

이 사람이 자신의 고급스러움을 존중하지 않았

는데 왜 내가 아프지? 진심 태어나서 처음 느끼는 기분이고 또 그 와중에 감사해. 왜냐면 그동안 내가 진짜 대충 휘갈겨 쓴 수십 개의 노래와 벌스들이 다 떠오르면서, 내 많은 음악 팬들이 어느 날 왜 엄청 증발했는지 객관적으로 볼 수 있게 됐거든.

그래서 하고 싶은 말은 진심으로 여기 내 음악을 좋아하는 팬들한테 미안해.

이분 음악에 대해서 너무 고맙거든. 너무 아름다운 사람이야, 적어도 그의 음악 안에서는.

난 어느 가수를 보고 눈물 흘리는 사람 혹은 나를 보고 그런 사람 보고 이해할 것 같다 생각했는데, 아니 지금까진 표면만 눈으로 보고 이해했다고 착각한 것이었고, 이제 이 사람 언젠가 다시 만날 텐데 저번에 몇 번 봤을 때보다 리스펙 레벨이 어쨌든 엄청 높아져 있을 거야.

한때 내 ego와 루저 마인드에 빠져 이 사람을 선

부르고, 불공정하고, 참 못나게 과소평가했는데 진심으로 이 사람의 고귀함에 미안함을 엄청 느끼고… 또 너무 고마움을 느껴.

정말 더 멋있어져야겠다.
정말로 진짜로.

혹시나 보고 있다면 감사합니다.
본인이 본인일 거라 생각하기 힘들겠지만.

본성

고등학생 때부터 사람의 본성이 바뀔 수 있는지에 대해서 많이 생각했어. 마음속 깊은 곳에선 너무 믿었어, 바뀔 수 있다고. 단지 어려운 것일 뿐이라고.

하지만 '변하기 싫다는 이유로 자신이 변할 수 없다'고 단정을 지어버렸다면 이건 루저의 정신이야.

얼마 전에 나랑 주 1회 상담을 하는 선생님하고 얘기를 나눴어. 그분께 여쭤봤어. 더 이상 핑계를 대는 것이 싫어서.

"사람이 명상이나, 현재에 집중하려고 노력하다 보면 계속 변하고 발전하는데, 그렇다면 정말 노른자의 가장 가운데로 들어가서 본질도 변할 수 있다고 생각하세요?"

돌아올 답변은 이미 거의 다 예상했을 것이라 생각해.

사람은 자신이 '할 수 없다'라고 마음속에서 진심으로 믿으면, 안 되는 건 너무 당연한거야. 물론 반대로, 누구나 무언가를 시도한다고 해서 다 되는 것도 아니야.

하지만 이미 패배를 결정한 사람은 희망조차 없지.

나는 내가 언제까지 변할 수 있는지 그 모습을 빨리 보고 싶어. 진짜 말도 안 되는 새끼가 될 거고 핑계 없는 사람이 될 거야.

〈블랙 팬서〉라는 영화의 주인공이 세상에 늘 보여주는 그 근엄하고 프라이드 넘치는 눈빛이 있어. 그 캐릭터의 중용 안에서의 온기 가득한 프라이드를 매 순간 느끼면서 살고 싶어, 이제는.

누구나! 올바르게! 노력하면 현재보다 만 배는 멋있어질 수 있다는 걸 증명하고 싶어, 내 삶을 통해서. 이제는 그러고 싶어.

세상에는 너무나 멋진 사람들이 많아서
안 커 나가기엔 그들의 노력이 너무 아까워.

아티스트를 바라볼 때 익숙함이 주는 좋은 기운이 있고, 반대로 신선함이 주는 좋은 기운이 있다.

우리가 좋아하는 가수가 새 노래를 공개했는데 알아볼 수 없을 정도로 목소리가 바뀌어 있으면 힘들 수가 있다. 적당히 안다고 생각하는 아티스트의 음악을 들었을 땐 친숙한 모습도 어느 정도는 기대하게 돼 있다.

하지만 늘 해 왔던 방식대로 자기 복제만을 하는 아티스트를 보면 그는 용감해 보이지 않을 수가 있다.

아티스트에게 있어 배짱과 실험 정신은 필수다. 그 본질이 늘 지켜져야 한다.

우리는 뭉쳐 다니려고 하는 본능이 있다. 때로 다

니면 생존의 확률이 높을 수도 있기 때문이다.

하지만 떼를 떠나 감히 홀로 서는 일에 도전하는 이를 보면 용기를 얻기도 한다. 우리 안에는 또 다른 본능이 있기 때문이다.

자주성.

답습을 오래하면 그 아티스트는 본질적으로 더 이상 아티스트가 아님이 증명이 되고, 자연스럽게 지지자들은 천천히 떠나간다.

이번에 낸 내 앨범은 또 한번 도전적이다.
물론 내 안에 오래 있던 나였다.

쉽게 얘기해 랩을 하기 이전의 나,
노래를 했던 나를 많이 담아냈다.
그래서 앨범명도 [Upgrade 0].

즐겁게 들어주시면 감사하겠습니다.

군대에서 일찍 전역하고 정말 오래, 너무 오래 무한할 것만 같았던 패배감에 빠져 나 스스로를 책망하고, 원망하고, 병신이라 생각하고 살았었어. 그때가 2015년 9월쯤이었을 거야.

시간이 지나고 또 지나고 2017년 말부터 엄청나게 성장했어. 남들은 못 보더라고. 하지만 난 알았어. 정말로 알았어. 이젠 너무 다르다고. 그리고 달라질 것이라고. 주위에 나에게 독이 되는 사람들을 쳐내고 (용기 있게), 몸도 관리하고, 다시 나를 증명하는 시간들이 시작됐어.

2018년 말부터 어떤 현상이 일어났는지 알아?

주위에 신뢰하는 사람들의 의견을 점점 안 묻게 되더라. 그래서 점점 쓸모없는 고민도 그 시간과 수가 줄어들고, 주위 사람들이 종종 놀라워했어.

예전에 난 말을 너무 많이 했고, 최근의 나는 말보단 행동을 더 많이 하는 것이지.

내가 하려는 일들에 대한 확신이 점점 진해지고 견고해지고 단단해지고 동시에 가벼워지고 있어. 부담과 겁이 사라지고 있다는 얘기야. 왜냐면 한 번 용기를 내면 두 번 내기가 쉬워지거든.
그리고 한두 번 실패하면 사람과 그의 계획은 마비될 수도 있지만 100번 실패하면 이제 실패는 좆밥이거든. 안 죽었잖아? 그럼 또 다치지 뭐. 101번 다쳐도 돼.

실패는 감기야. 실패는 빰 한 대 맞는 정도의 아픔과 쪽팔림이고, 그것도 초등학교 때 정도의 쪽팔림. 초등학생들의 머리 안에서는 자신 말고도 모두가 빰 맞는다라는 생각이 기반으로 있지. 모두가 맞기 때문에 맞는 것은 그렇게 굴욕적인 게 아니야.

얼마 전에 내가 영감을 주는 리더인가, 아님 강압적 보스인가에 대해서 생각하기 바쁠 때, 사실 둘 다 아니었다는 것을 이제야 깨닫게 돼.

난 그냥 쫄았었어. 옛날의 순진함에서 나왔던 무대뽀가 수많은 복을 준 동시에 나를 여러 번 완전히 파멸시킬 뻔한 적이 많았다면, 이제는 체계와 원칙과 계산과 이성과 로맨스(로맨스는 감정주의를 뜻하기도 함)를 담을 수 있는 통제력까지 갖춰 가고 있어서 지혜를 천천히 배워 나가고 있어.

그러고 나서 곧 정말 멋있는 리더가 되리라.
그러려면 자기한테 먼저 의존을 할 줄 알아야 돼.

도대체 누가 집주인도 무서워서 들어가서 살지 못하는 집에 들어가서 세까지 내가면서 살고 싶겠어?

그러니까 나를 믿자.

초월

우리 안엔 당장만 생각하는 동물적인 우리가 있고, 또 수증기처럼 계속 올라가려고 하는 우리가 있어.

대부분의 사람들은 많은 상황에서 전자에 머무르려고 하거나, 더 심한 경우에는 평생 바꿀 생각을 못하고 사는 듯해.

우리 안의 도마뱀은 화와 배고픔과 성욕만 채우려고 하고, 내 밥그릇만 지키려고 하고, 안정만을 추구하려 해.

우리 안의 천재는 넓은 시야와 여유, 창조, 감사함, 그리고 상상력을 늘 펼쳐보라고 우리한테 말하고.

뚫고 올라가자!

쉬워지는 중

시작이 가장 어렵다는 것을 항상 느끼는 중. 가속과 탄력과 맷집과 배짱은 일을 추진하면 할수록 급속으로 증가해.

짐 티피 1호점을 차릴 당시에는 조금 무서웠는데, 2호점을 차릴 때 난 3호점만 생각하고 있었어.

물론 실패를 할 수 있어, 당연히. 하지만 적어도 다시 일어날 수 있다는 앎이 있어. 뭐라 할까….

옛날에 레그 프레스(헬스장에서 흔히 하는 하체 운동)할 때 80kg만 들어도 무거울까 봐 두려움이 있었는데, 이젠 진심으로 애들 장난이 되었어. 힘이 세진 것도 이유에 해당되지만, 여러 차례 운동을 진행했고, 그럴 때마다 안 죽었으니까. 또 하고 또 해도 안 죽고 안 다치니까.

젊을 때, 자연이 우리를 조금 덜 지배할 때,
이때 더 리스크를 거는 것이 답이야.

그 배짱, 맷집, 지혜를 보고 더 많은 사람들이 모여들겠지. 더 큰 것을 건설하기 위한 갑옷이 현재는 너무 튼튼하다는 것을 알기 때문에.

오늘도 다치러 갑니다!

멈추지 않는 통증

성장 = 고통

올해 들어서 PT 수업을 처음으로 다시 시작했고, 일주일이 지났어. 몸이 엄청 뻐근하고 그냥 숨만 쉬어도 아픈데, 지금도 운동 준비하는 중.

재작년에 오토바이 한 대 사서 타고 다니다가, 그냥 안 타고 3개월 넘게 놔둔 적이 있었는데, 오랜만에 한 번 타고 나가려 했더니 시동이 계속 안 걸리더라. 그 외에도 문제가 몇 개 있었고.

수리 센터에 맡겼고, 문제의 원인은 '잘 안 타고 다녀서 서서히 망가지기 시작한 것'이라고 하더라.

지능, 신체, 감정
항상 활성화시켜 놔야 해.

작년에 운동을 너무 힘들게 할 때, 신체적으로 가장 높았던 피크를 찍을 때마저도 몸이 항상 뻐근했어.

난 그때 그것을 즐겼고.
안 아프면 성장하고 있지 않다는 뜻이야.
항상 조금은 아파야 해.

원하는 것을 얻기 위해서 항상 아파야 한다면,
아픔을 즐기는 게 가장 현명한 것.

아프자.

이 순간에도 두려움을 달래기 위해 오디오 북을 듣고 있다. 하루에도 여러 번씩 두려움이 올라온다. 그럴 때마다 매우 아프게 들리는 한숨이 깊은 곳에서 올라온다.

초등학교 때부터 난 이렇게 살아왔다.

고소공포증 환자가 자신의 공포를 정복하기 위해 문제에 직면한다고 치자. 억지로 높은 곳에 올라가서 한참 아래에 있는 땅을 내려다보면 두려움이 조금씩 가라앉을 수도 있지 않는가.

누구는 이 사람이 너무 대견스럽게 자신의 한계를 극복했다 말할 수도 있지만, 그 공포가 예측하지 못한 타이밍에 다시 올라올 수도 있다. 그러면 그 고통을 없애기 위해 또 노력을 해야 할 것이고, 때로는 몇십 번, 몇백 번 같은 기분들을 느껴야 할지도 모른다.

정도는 각자 다르겠지만, 누구나 같은 공포를 여러 번 느낀 경험이 있을 것이다. 그럼에도 불구하고 계속 올라가길 선택한 사람들을 생각하면 다시 용기가 난다.

어떤 선생을 만나도, 어디서든 방법을 물어봐도 항상 답은 똑같다.

"현재에 집중해!"

그들의 말을 듣고 움직이다 보면
즐거움이 돌아온다.

헤엄을 치면서 앞으로 가다 보면 시작했던 육지에서 점점 더 멀어진다. 그때, 멀어짐을 의식하지 못하고 잊는다. 자연스럽게. 하지만 잠시 동안만. 나도 모르게 뒤를 또 보면, 소름이 발바닥에서부터 다시 기어올라오기도 한다.

사람들은 흔히 말하는 '성공한 사람'을 보며 이렇게 말한다.

"당신은 성공한 사람이라서 인생이 쉬울 것이다."

절대로 그렇게 단순한 것이 아니다. 물론 복잡한 개념을 쉽게 이야기해야만 하는 경우가 많다.

누구나처럼 그들의 삶은 복잡했다. 어려웠다. 질투를 샀고, 외부와 싸워야 했고, 누구보다도 자신과 많이 싸워야 했을 것이다. 그리고 그들이 가장 잘 알았던 것 중 하나는 이것이다.

문을 닫은 공장은 아무리 그 규모가 크고, 생산력이 좋았어도 곧 녹이 슬고, 잔고장이 나기 시작하고, 조금만 더 놔두면 영영 못 움직이게 될 수도 있다는 것을.

집합체로 존재하는 모든 것은 끊임없는 자극을 받아야만 한다. 가족, 국가, 회사, 근육 등등. 그러지 못하면 퇴화해서 없어진다.

성공한 사람들도 마찬가지다. 칭찬 세례를 한 몸에 오래오래, 매일매일 받던 그들은 가속을 잃으면 받았던 찬사만큼이나 비웃음을 듣게 되고, '왜 함부로 깝치면 안 되는지'에 대한 예시로 오래 사용되기도 한다.

왜 너무나 많은 사람들은 유명하고, 돈 많고, 성공적인 사람들을 1차원적으로만 볼까.

왜 그런 사람들이 우울증에 걸리고, 미치거나, 더 위험한 상황에 스스로를 놨을 때 믿을 수 없다는 듯이 경악할까.

운이라는 것은 서퍼에게 있어 그냥 가끔씩 찾아오는 엄청나게 크고 긴 파도일 뿐, 그 파도를 제대로 타는 것은 서퍼의 능력이 받쳐줘야 한다. 그리고 맨날 받쳐줘야 한다.
항상. 언제나.

우리 모두 다 같은 인간일 뿐이다. 누구나 똑같다는 건 똑같이 원하는 삶을 살 수도 있지만, 똑같이 자신의 파멸에 대해서 두려워할 수도 있다는 것.

우린 인간일 뿐이다.

모든 것

대부분의 동물은 지금만 안다. 그러니까 냉장고나 법이나 창고나 회사 등을 만들 생각을 못한다. 홍수를 대비해서 나무를 심지 않는다. 콘돔을 사용하지 않는다. 다이어트를 할 줄도 모른다. 물론 그건 나도 잘 못해서 말하면서도 오글거렸다.

체계 안에서의 삶을 운영하는 것과 자기 통제 등은 인간에게만 특별히 주어진 우주의 선물이다.

예전엔 이런 것들을 설교하는 사람들을 정말 이상하다고 생각했다. 지금은 이런 것들이 나의 주인이 됐다.

물론 그의 말을 항상 잘 듣지는 않는다. 단지 이 주인이 답과 돈과 방법을 갖고 있다는 것을 잘 알고 있다. 원한다면 어느 정도는 따라줘야 한다.

하지만 우린 기계가 아니다. 항상 체계 안에서만 살아갈 수가 없다. 내면의 동물을 부정할 수가 없다. 부정을 했다가는 큰일을 저지르기도 한다.

도덕적 잣대가 엄격한 직업을 가진 사람들을 예로 들어보자.

정치인, 종교인 등 보통 사람은 상상조차 못하는 수준으로 괴상한 행동을 하는 것을 우리는 수없이 봐 왔다.

난 그들이 꼭 악해서만 그랬던 것이라고 생각하지 않는다. 견딜 수 없을 정도로 꾹 눌렀기 때문에 그럴 때도 많다고 생각한다.

지금 당장, 그리고 먼 것.
둘 다 생각을 해야 한다.

나의 모든 것을 받아들일 필요가 있다는 것을 느낀다. 내면의 동물의 존재를 부정한다고 없어지는 것이 아니다.

나에게는 화도 있고 콧털도 있다. 어차피 안 없어질 것 먼저 받아주고 예뻐해줘야 한다.

이 순서를 지나면
더 시원한 삶을 향해 갈 수 있지 않을까.

적응

누구나 멋있는 말을 할 수 있고, 누구나 멋있는 음악을, 음식을, 연기를, 상품을, 선물을, 삶이나 업적을 만들고 세상에 남길 수 있다.

하지만 영원한 것은 없다.
끝판왕 따윈 오래 존재하지 않는 세상이다.

지구에서 전 인류가 단 한순간 동시에 사라지게 됐을 때 어떤 현상들이 벌어질지 과학자들이 시뮬레이션을 돌린 실험이 있었는데, 그 실험에 대한 다큐멘터리가 영상으로 공개된 적이 있었다. 5년도 지나지 않아 우리가 아예 존재하지도 않았던 것처럼 되더라. 그들의 이론에 의하면.

그렇게 모든 것은 관리 안 하고 닦지 않으면 원상태로 돌아가려 한다.

상승을 예로 들어보자. 올라간다는 것은 이 지구 안에선 하나의 본질적인 규칙을 깨는 것이다.

무엇이든 언젠가 내려오게 된다.
구름도, 공도, 비행기도.

하지만 중력이라는 저승사자의 배웅을 늦출 수 있다면 방법은 무엇일까?

연료, 즉 에너지를 사용해야 한다.
에너지를 소비해야 에너지를 벌 수 있다.

신체, 정신, 영혼의 에너지를 축적해야 한다. 운동을 해야 한다. 하루 종일 일할 수 있는 체력을 가진 사람과, 평소 관리 안 해서 몇 시간만 활동해도 힘들어하는 사람을 서로 머리 안에서 간략히 비교해 보자.

지식을 누적시키고 뇌를 활성화시켜야 한다. 모든 생물체는 자신의 지능과 지식 수준에 맞는 다른 생물체와 소통하고 성장하려 한다.

영혼. 사랑을 해야 한다. 먼저 자기 자신을. 나는 내 차를 사랑한다. 볼 때마다 더 예뻐 보인다. 그렇기에 가까이 할 수 있다. 사랑하지 않으면 버스를 타고 다니겠지. 이처럼 자신을 사랑하지 않는 사람은 자신을 발전시키려고도, 챙기려고도 하지 않는다. 찾지를 않는다.

위 세 가지를 잘 발전시켜야 한다는 것을 뒤늦게서야 배우고 실천을 했더니, 어릴 때 혹은 불과 2~3년 전의 나와 레벨이 아예 다른 사람으로 진화하게 됐다.

우리는 시간과 지식의 부재로 상대의 겉만 보고 한 사람의 인생을 판단하기가 쉽다. 또 그럴 수밖에 없는 경우가 대부분이다. 한 사회의 사다리 맨 위에 있는 사람을 볼 때도 마찬가지다.
더 많은 인생의 고수들을 만나고 그들을 관찰하고 그들의 에너지를 흡수할수록 느끼는 건, 그들은 전부 다 성장에 미친 사람들이라는 것이다. 남들이 절대로 걷지 않을 길에서 이미 여러 번 차에 치인 인간들.

올라가고 싶다.
나를 찢고 더 성장할 것이다.

새로운 레벨에서 적응하고 적응되면
더 올라가는 것이 최고의 선이라
진심으로 믿는다.
Amen.

대부분 모르고 산다

모든 한 사람, 한 사람은 예술가라는 사실을 대부분이 모르고 평생을 살다 간다. 안타깝게도.

요즘 잘나가는 유튜버 중 적지 않은 일부를 예로 들어보자.

어떤 회사원 여자가 있더라. 지인이 추천해서 그녀의 일상이 담긴 영상들을 봤다. 엄청 흥미로웠다. 그런데 말이야. 막상 보다 보니까 뭔 생각이 든 줄 알아? 별것 없어.

그냥 출근길이나, 회사에서 의자에 앉아 컴퓨터 앞에서 타자치는 모습이나 끝나고 집에 가서 요리하고 밥 먹는 모습. 주말엔 남편과 데이트.

반면, 수많은 '스타' 중에서 정말 특별한 재능과 업적을 남긴 사람들이 있어.

무진장 큰 키에 남자답고 굵은 목소리에, 누구라도 한번쯤은 데이트를 하고 싶을 정도로 잘생긴 얼굴, 매너, 패션 감각, 연기 실력, 학벌, 겸손함, 유머 감각 등 그냥 완벽에 가까운 그런 사람.
그런 사람 중에 반짝하고 사라지는 사람들이 많고, 반짝조차 못하는 사람들도 무지하게 많아.
되는 사람보다 안 된 사람이 훨씬 많은 것은 사실이야.

이유를 잘 생각해 봐야 해.

상식을 앞세워서 보면 사람들의 흥미를 끌만한 매력의 양이 많아야 인기가 많아진다고 보통 생각해. 나 역시 한때 이렇게 생각했는데 이젠 그 한때의 생각이 변해버렸어.

위의 것들은 당연히 다 장점이고 이런 장점들이 없는 쪽보다는 차라리 그 장점들이 있는 쪽이 좋다는 것을 부정할 수는 없어.

하지만 없어도 가능은 하다는 것.

예전에는 서울대에 들어가는 그 좁은 관문처럼, 반드시 회사를 끼고, 좋은 매니저 혹은 프로모터를 만나고 좋은 대본이나 작가나 좋은 감독이나 드라마나 작곡가나 프로그램을 만나야만 유명해지고 인기가 많아졌어.

이 체계로 인해 환상이 생긴 거지. 극소수의 인간으로 보일 수밖에 없는 체계를 통과했으니까. 사람들은 이렇게 생각을 하는 것이지.

"우와… 너무나 높은 경쟁률을 뚫고, 저 자리에 섰으니!!! 정말 저 사람은 특별한 거야. 꺄아악!" 하고 다들 난리를 친 거지.

하지만 꼭 그런 조건에 휘말리면 안 돼. 조건은 에비뉴(쭉 뻗은 길) 안에 있는 귀찮고 피곤한 방지턱들일 수가 있어.

'조건이 있어야만 무언가가 생긴다'
'작용과 반작용'

이런 범우주적인 룰은 당연히 없어지진 않아.
하지만 조건의 수는 줄일 수 있어.

'잘 생겨야 뜬다?'
꼭 아니다. 하면 뜬다.

'날씬해야 푸마 광고를 찍는다?'
나도 며칠 전에 푸마에서 나온 운동화 광고를 찍었다.

'노래를 잘해야 가수로 성공한다?'
이미 아닌 사람들을 너무 많이 봐 왔다.

'예뻐야만 멋있는 남자를 만난다?'
가능하잖아.

조건을 최대한 빼야 해.
'당연히 가능하지'라고 생각하는
버릇을 길러야 해.

조건의 수를 최대한 빼. 이미 뺀 사람들을 우리가

매일매일 보잖아. 그들은 환영의 노예가 되지 않기로 마음을 가볍게 먹고, 사슬 없이 세상을 조금 더 자유롭게 걸어 다니는 사람들이야. 우리에게 모범이라는 거지. 모범은 보고 배우라고 있는 사람들이야.

누구나 다 자기 안에 독특함이 있어. 그 독특함은 아름다운 것이고, 아름다운 것은 누구나 알아봐.

왜 어느 시대라도, 어느 민족의 예술을 봐도 항상 꽃이나 산이나 구름이나 호랑이를 찬미하는 듯한 그림들이 널리고 널렸을까?
우린 다 아름다움을 알아볼 감각이 존재하기 때문이야.

우리 자신을 믿는 건 참 어려운 일이지만, 어렵게 만드는 것은 사실 자신이야.

조건을 빼. 삭제하고 잊어버려.

맨 처음 얘기한 유튜버에 대해서 누가 나에게 이

렇게 반론을 던질 수 있어.

"그러면 뭐해. 그런 애들은 금방 떴다 금방 없어지잖아."

방송 타는 연예인들은 안 그래?

난 유튜브, 뭐 트위치, 아프리카, 슈기, 밴쯔 등에게 참 감사해. 그 방송들은 혁명이고 그들은 선구자야. 이제 모두에게 더 많은 기회가 열렸어.
(아까 전제대로 말을 한다면 사실 기회는 언제나 있었고 없었다고 생각한 것도 내 머리 안의 방지턱이지.)

어쨌든
변명은 만 개.
결과는 하나.

Go.

자기 책임

자기 행복은 자기 책임.

어릴 때부터 머리 안에서 목소리가 들렸고
군대 나와서 파괴적인 자괴감을 느꼈고
음악에 너무 크게 권태를 느껴 남 탓도 해 봤고
말도 안 되는 소문과 비난 때문에
억울함이 올라왔다가 가라앉다가
올라오는 괴로움을 십 년이 넘게 겪고 있다.

협박도 받아봤고 30살돼서 맞아도 봤다.
가장 가까운 사람이 가장 큰 적이 된 적도 있다.
돌이킬 수 없을 만큼.

하지만 내 행복은 여전히 내 책임이다.

계획

계획은 언제나 간단했다.
린치핀이 되는 것.

즉 큰 체계 안에서는 너무나 작지만, 교체될 수 없는 부품이 되는 것. 나 없이는 체계가 돌아가지 않게 되는 것.

잠깐 그것을 잊고 살다가 문득 강하게 그때의 느낌이 다시 나를 찾아오게 되었다.

만약에 내가 없어졌을 때 내가 속한 사회에 혼란이 일어나지 않는다면, 난 제대로 하고 있는 게 아니라는 것을 깨달았다.

어느 분야에 있든, 적어도 그 체계에서 한 획을 그을 계획이라면.

조용히 자기 할 일 하면서 튀려고 하지 않는 사람들은 그런 부담을 자기 어깨 위에 스스로 올리면서 스트레스 받을 필요가 없다.

한 번 더 정신을 차렸으니
누군가가 이 글을 읽고 정신을 차렸으면 좋겠다.

내가 없어졌는데 아무런 소란이 없고
내가 없어졌는데 모든 게 그대로 잘만 돌아간다면
난 어디 가서 깝치면 안 되는 사람이었던 거야.

오늘도 주제를 파악한 뒤,
겸손과 자신감의 아름다운 조화를 체감한다.

혼란의 아름다움

무엇이든 창조를 할 때엔 혼란 속으로 걸어들어가게 돼 있다. 헬스장을 열든, 모르는 여자에게 가서 대화를 시도하든, 주식 투자를 하는 일이든, 다 혼란 속으로 들어가는 것.

그래서 우리는 스턴트 맨을 동경하는 것이다. 예술가들(제대로 하는 예술가들)은 돈을 많이 벌어야 한다.

누군가의 리더가 되는 것은 영광이지만, 동시에 단체에서 벌어지는 일에 대한 책임도 요구받게 되는 것이다. 누구는 누구보다 더 많은 대가를 치러야 할 수도 있지만, 혼란에서 아예 벗어날 수 있는 사람은 없다. 우리는 미래를 정확하게 예측하지 못하기 때문이다.

길을 걸어가다 큼직하고 사나운 개한테 물려 죽

을 수도 있는 것이 바로 인생이다. 안 좋은 일에 대한 긴 걱정을 하는 것과, 무언가를 할까 말까 오랜 시간 두려워하며 망설이는 것은 인생 낭비다.

너무 많이 까여 본 사람으로서
너무 많이 개쪽을 당해 본 사람으로서
너무 많이 실패해 본 사람으로서

그런 모든 일들 이후에 배운 것 중 가장 중요한 것은 맷집의 존재이다. 그리고 반갑게도 맷집이라는 것은 또 키울 수 있다는 것.

맞으면 맞을수록 사람은 강해진다. 하지만 또 놔두면 녹슬어버린다. 나중에는 맷집이 좀 강해지면 그 강도에 익숙하게 되어 다시 겁쟁이가 된다.

덩치만 커진 겁쟁이.

그래서 새로운 혼란 속으로 들어가지 못한다. 쫄아서. 맞는 것에 대해 어색해져버려서.

수능 때만 공부했던 학생이, 오래 편히 살다가, 그 태도로 어느 새 30살 넘어서 예전처럼 공부하려 하니 쉬울 리가 없다.

혼란을 사랑해야 한다. 혼란은 관점만 달리해서 보면 모험일 수도 있다. 모험이라는 단어를 머리 속에서 떠올리면 심장이 뛸 수밖에 없다. 누구라도.

성관계를 할 때,
누군가와 심하게 싸울 때,
신곡을 들고 무대에 올라갈 때,

우리는 왜 이렇게 살아 있다는 것을 평소보다 더 느낄까. 모든 에너지와 집중이 요구되는 순간들이기 때문이다. 그렇기 때문에 살아있음을 그 어느 때보다 느끼기 때문이다.

방이 100개씩이나 있는 집에서 단 한 방만 이용한다고 상상해 보자. 나머지 공간들은 먼지가 쌓이고 어두워지고 시들어 갈 것이다.

하지만 골고루 모든 공간들을 다 똑똑하고 활력 넘치게 사용한다면 화려한 호텔이 될 수도 있다.

물론, 질서와 계산과 안정을 버리라는 것이 아니다. 인생은 많은 대립 관계들의 조화가 굉장히 중요하다는 것을 모르는 사람은 없을 것이다.

자신의 유튜브 영상의 조회수를 늘리기 위해 20층짜리 빌딩 위에서 안전장치 없이 뛰어내려서 예술 작품을 만들라는 것이 아니다.

웨이트 트레이닝을 할 때와 같은 마음으로 최대한 오래, 안전하게, 효율적으로 나아가는 것이 가장 올바른 길이다.

조금씩 조금씩 중량이나 강도나 횟수를 늘리는 것. 경험하지 못한 혼란 속에 들어갈 때 방향과 계획이 분명할수록 성공의 확률이 높아지고, 실패를 한다 해도 다음 번엔 다르게 해야 한다는 확신을 얻게 된다.

미지의 세계로 들어가는 군인들은 무장을 철저히 한다. 어떤 상황이나 적이 나타날지 모르는 것에 대비해야 하니 말이다.

바로 그런 사람들과 그들의 태도가 지금의 세상을 더 좋은 곳으로 만들었다.

계속 앞으로.

승자는 다른 승자를 보고 부러워하지 않는다. 그들한테 배우려고 하고 동경한다. 부러움은 필요도 없다. 어차피 자신도 같은 양의 승리를 맛볼 수 있다는 것을 알기 때문이다. 승자는 자신을 동정하지 않는다. 승자는 희생자가 아니기 때문이다. 희생자로 자신을 정의하는 순간, 모든 현실이 회색으로 변한다. 그리고 바보같이 그 회색 세상에서 승자들의 컬러풀한 인생을 보고 비난하거나 피한다. 그들의 빛은 나를 다시 색이 넘치는 세상으로 나오게 부르기 때문에.

하지만 난 빛이 있는 곳으로 가면 다시 다칠까 봐 회색 세상을 선택하고, 이런 내 처지를 더 의식하게 하는 화려한 승자의 패배를 늘 기대하고 기다린다.

모든 것은 선택이다. 무의식으로든, 의식적으로

든 우린 항상 선택한다. 술을 먹을지, 밤을 새울지, 원하는 목표를 위해 당장의 엔터테이닝한 순간을 잠시 미룰지. 우리의 이 시대 안에서는 현명한 선택을 하기 위한 도구들이 사방에 먼지처럼 공중에 떠다닌다.

맛집 추천 어플, 디지털 책, 디지털 책을 추천하는 디지털 영상, 무엇이든 검색만 하면 알려줄 사람을 제공해주는 디지털 무대. 핑계는 갈수록 줄어든다.

승자는 핑계를 콜라캔처럼 밟고 부순다. 자신의 약점을 두 눈 뜨고 똑바로 볼 줄 안다. 아프다. 매우. 창피하고 수치스럽다. 하지만 본다. 그리고 고치려고 노력한다. 남 탓이나 외부 탓은 너무나 간편하지만 자신을 멋없게 만드는 것을 알기 때문이다. 반면, 힘들지만 몇 년 혹은 몇 달 내로 자신의 어깨의 단단함이 성장이라는 훈련을 통해 훨씬 단단해질 것을 알기 때문에.

승자는 승리에 중독되어 있다. 작은 승리들은 다

이어터의 치팅 데이처럼 매우 짧은 쾌감을 주기도 한다.

하지만 잉여 행복은 배 아래에서부터 쌓이고 쌓인다. 그리고 서서히 명치, 가슴 상단, 그리고 목젖을 지나 머리 맨 위의 머리카락 맨 끝부분까지 나를 채운다. 이 과정은 오래오래 걸린다. 우리는 인스턴트 결과에 중독되기 쉬운 시대에 살고 있기 때문에 자꾸 큰돈을 걸고 도박을 하는 것이고, 포토샵을 과하게 사용하는 것이고, 빠른 이득만 취하려 하기가 쉽다.

하지만 승자는 안다. 그 길로 가면 자신을 자랑스럽게 생각하는 마음은 결코 커지지 않는다는 것을.

어두운 숲 속에 너무나 오래전부터 있어 왔던 빈집 같은 것. 불도, 주인도, 밥도, 사랑도 없는 집. 벽과 바닥에 생기가 전혀 돌지 않고 있는 형태만 존재하는 차가운 집.

허전함.

승자는 메달 하나에 취하지 않는다. 자신의 젊음이 짧다는 것을 항상 의식하고 모든 시간을 똑똑하게 사용하려 한다.

사회적 동물로서 인정 욕구는 건강하다는 것을 너무 잘 알고, 그것을 쟁취하는 데에 힘을 쓰고, 계속 원하는 결과를 위해 앞으로 달려간다.

승자는 배운 것을 나눠 준다. 왜냐면 배움은 나눌 때마다 새로운 배움이 돌아온다는 것도 알기 때문이다.

승자는 언제나 '풍족'이라는 단어로 자신을 깨우고 깨운다.

경제가 나쁘다는 말을 나는 96년도부터 들었고, 단 한 번도 그 이후로 '현재는 나아짐'이라는 말을 들은 적이 없었다. 그 사이에 부자들은 탄생하지 않았었는지? 그 사이에 경제적 호황을 누린

개인은 다이아처럼 드물었는지? 남들의 사정이 얼마나 나쁘든, 나에게는 늘 기회가 존재한다고 믿는다. 언제나 내 그릇과 잔은 차 있고, 가끔 믿음이 흔들려도 곧 다시 단단해진다.

그렇게 계속 성장한다.

공짜

공짜는 없어. 모든 것에는 가격표가 붙어 있고 대부분의 경우 그것은 눈에 보이지 않아.
예를 들어 어릴 때 너무 좋아했었던 그 맛있는 돼지바. 먹으면 일시적 행복을 얻게 되지만, 빚은 갚아야 해. 살이 찌니까.

술… 오늘도 마셨고 어제도 마셨어. 술이 주는 자유와 일시적 행복은 그 어느 것과도 비교하기가 힘들어.

자신을 통제해야만 하고, 또 통제하는 것이 아직은 매우 어려운 나 같은 사람한텐 술이 최고의 유혹이야. 난 항상 수트 입고 다니는 기분이야. 물론 그것마저도 행복이 있지만 가끔은 그 옷을 벗는 방법을 잊어. 술은 넥타이를 풀어 주지. 너무 여유 있게.

웃음소리는 더 유쾌해지고 말은 막힘없이 더 시원하게 나와. 아이디어도 더 창의적이고, 모든 것이 더 맛있어지고 예뻐지고 잘 생겨져.

하지만 다음 날 우린 이자를 매우 높게 쳐서 빚을 갚아야 해. 건강으로, 시간으로. 돈 얘기는 아예 꺼내지도 말자. 술, 마약같은 건 이자가 엄청 높은 행복 대출이야.

유명세를 원해?
그럼 넌 이 세상한테 뭘 줄래?
가내수공업 포르노 영상?
5년 걸려 만든 앨범?
그 누구에게도 말하지 않고
감춰온 흥미로운 비밀?

우린 다 값을 지불해.
무얼 해도.

우리는 때로 떼를 써서 무언가를 결국 무료로, 공짜로 얻었다고 착각할 때도 있어. 그것마저도 무료가 아니었어. 속된 말로 근본 없고, 실력 없는 관종들을 떠올려 보자.

잠깐 빛을 발하지만 이미 존엄은 반납하고 성냥처럼 빨리 타버리거든. 요즘 뉴스에서 나오는 사람들 잘 봐봐.

당장은 괜찮으니까 안심해도 된다고 스스로 진심으로 이 친구들이 생각할까?

그렇게 생각한다면 멀리 볼 줄 모르는 어리숙함 때문일 거야.

하지만 결론은 하나같이 전부 다 엄청난 값을 지불했어. 외로움으로. 아니면 두껍고, 덥고, 무거운 가면을 평생을 써야 하는 벌로. 정신적 건강의 희생으로.

무료는 없다. 힘.

우리는 위대한 사람을 볼 때 사고적으로 즉각적인 반응을 할 확률이 높다.

멋있다.
재수 없다.
죽이고 싶다.
부럽다.
무섭다.

그들의 행보와 존재와 증명된 가치, 이미지 등은 어쩔 수 없이 우리의 판단을 끌어 낸다.
그들을 보며 스스로에게 자주 묻게 되는 질문 중 하나는,

"저 사람은 어떻게 해서 저 위치로 올라가게 되었을까?"

관찰한 바 한 걸음씩 올라갔다, 그들은. 그 어느 성공 신화를 들어도, 부유한 가정에서 태어났어도, 그들의 성공은 가정이 전부 다 해 준 것도 아니었다.

부는 물론 기회를 가져다 주지만, 기회를 잡고 놓지 않는 것은 강인함이고, 부는 꼭 강인함이 아니다.

우리는 참 나약하고 멍청할 때가 많다. 왜냐면 답을 다 알고 있기 때문에.

지속성.

난 브런치를 통해서 책을 준비하고 있다. 현재 20개 정도의 글을 올렸다. 정확한 숫자는 정하지 않았지만 대략 몇 개의 글이 발행되면, 난 그때 이 내용들로 책을 인쇄할 것이다. 그러기 위해선 글을 일단 정한만큼 발행해야 한다.

어떻게? 지속성으로. 사람이 참 간사한 게, 2개월

전만 해도 '6월까지 쉽게 되겠지, 나 삘 받았어'라고 생각했는데 벌써 거의 2년 정도의 시간이 흘렀다.

그러니 위에 가 있는 누구를 함부로 부러워해선 안 된다. 그들의 고통은 우리와 똑같다. 사실 부자든, 재능이 넘치는 사람이든, 남자든, 여자든, 누구든 함부로 비교해선 안 된다. 상대에게도 불공정하지만 자신한테도 불공정할 수도 있음은 물론, 비상식적인 수준 이상으로 폭력적일 수 있다.

그들은 단지 성공한 모두처럼 그들의 고통보다 커지려고 스스로 성장을 일궈낸 거다. 한 걸음씩 움직여서. 그들이 걸어야 했던 길을 알았다면 부러워하지 않았을 것이다. 전혀.

남의 삶에 대해서는 결과만 보이는 것이 안타깝지만, 동시에 결과가 엄청난 사람들은 그 과정도 그만큼 같이 크다는 것을 항상 의식해야 한다.

현재에 집중

우리는 지금밖에 없어. 이 글을 쓰는 순간에도, 그 순간은 벌써 지나갔어.

디지털 세상은 정말로 잔인한 면들이 너무 많아. 그중 하나는 모든 것들이 이 세상에 세세한 기록으로 남겨져. 영원히.

이 혼란 속에서 전 인류가 고통스러워하는 것이 보여. 현재에 집중을 못하기 때문에 고통스러운 거야. 어제를 걱정해서 오늘을 못 살고, 곧 올 내일을 두려워해서 불안할 수가 있고.

망각이라는 말은 몇 년 전까지만 해도 나에게 무조건 부정적인 단어였는데, 이젠 아니야. 망각은 해방이야. 망각은 날개야. 망각은 버스고, 비행기고, 배야. 망각은 지우개고 'reset button'이야.

잊어야 살거든. 잊어야 어제 묻은 사랑하는 사람을 추억하고 다시 새로운 의미를 창조해 나갈 수 있거든. 잊어야 구린 결과물을 내놓고 신선한 시작이 가능하거든. 잊어야 전진해. 안 좋은 기억은 사슬이야.

세상이 언제나 진화를 해. 개인이나 단체의 행복과 편의를 일도 생각해주지 않아. 어차피 세상은 인간 개인이 그렇듯 자신을 항상 우선시한다면 배려를 기다리는 것은 어리석은 거야.

'아이돈기버뻑(I don't give a fuck)' 마인드가 그래서 정말로 필요해. 누가 뭐라 해도 지금에 집중해야 해. 강아지들보다 이걸 잘하는 존재는 없어. 강아지들은 X도 상관 안 해. 누가 날 보고 비웃어도 지금에만 집중해. 그래서 행복해 하거든. 지난 건 없는 것이나 마찬가지고, 지난 걸 돌아보면서 쩔쩔매지를 않으니까.

미래는 오지도 않았기 때문에 없는 거야.
어제는 지났기 때문에 역시나 또 없는 거야.

난 2년 전만 해도 항상 싸웠어. 헤이트와, 내 게으름과, 문화 모기들과, 내 과거와.

그것도 낭만으로 받아들이고 교훈으로 소화를 한다면 문제가 되지 않지만, 감정을 그곳에 소비하는 것은 피를 말리는 듯한 에너지 낭비야. 반면, 에너지를 농도가 짙어지게 모아주고 집중시키고, 또 그런 집결을 하나의 목적 아래에 두고 오래 지속할 수 있도록 노력하면 기적이 일어나.

자신이 정한 목표에 도착할 수가 있어. 다이어트도 그런 것. 앨범을 내는 것도 그런 것. 어려운 시험을 위해 공부를 해서, 필요한 만큼의 점수를 얻어내는 것 역시도.

생각도 목표나 목적없이 그저 많이만 한다면 괴로울 수 있어. 맨날 돌아보기 바쁘거든. 한때 난 나의 과거의 고통을 반복 재생해서 보고 또 보고 또 봤어. 그랬더니 반 미친 채로 20년 가까이 살았지. 그건 시간 낭비야.

현재에서 살기 위해 절대로 싸움을 할 필요가 없어. 이상한 생각이 들면 폭력, 판단, 열정 없이 우아하게 다시 지금으로 돌아오면 돼. 지긋이. 물론, 이것도 한 걸음씩. 모든 것이 그렇듯이.

지긋이 지금으로.
탈선을 잠깐 하더라도 다시 지금으로.

답

답은 내 안에 있다고 믿는다.

많은 종교인이나 정치인, 과학자, 예술가 등은 자신이 답을 안다고 이야기한다. 속으로 그것을 진심으로 믿는다. 그리고 그중에서 끝까지 자신의 신념을 지키고 전진하는 사람은 세상을 변화시킨다.

세상이 자신의 뜻을 이해하게 하고,
자신을 따르게 한다.

그 리더들은 외부보다는 내부의 소리에 집중을 했다. 그리고 그 소리에 항상 귀를 기울였다.

그들과 내가 다른 것이 무엇일까.
그들과 우리가 다른 것이 무엇일까.

그들의 배경과 출생지 등은 초라할 때가 많다. 자신들의 소리를 믿지 않았다면 그들도 아무개처럼 됐을 것이다.

어떤 과정을 통해서 자신의 소리에 귀를 기울이게 됐는지는 일일이 알아 낼 수가 없다.

하지만 결론은 '떼'만 따라가는
수동적인 가축이 아니었다는 것이다.

답은 안에 있다.

광대

"The fool is the precursor to the savior."
광대가 곧 영웅의 시초다. - 칼 융

제멋대로 통역하긴 했는데 포인트를 살리고자 노력해봤다. 무언가에 도전하는 사람은 적어도 초기에는 비웃음이나 조롱을 받기가 쉬운 것 같다. 어디를 가도.

사회는 타이트한 그물망으로 모두를 꽉 누르고, 그 안에서 사람들이 쉽게 높아지지 않도록 묵직하게 버텨 준다. 그리고 묵직하기 때문에 이미 자리 잡은 높이마저도 낮아지게 하려 항상 압력을 가한다.

대학교에 진학하기가 어렵고, 좋은 동네에 있는 호화로운 집을 매입하려면 돈이 많이 든다.

유튜브 크리에이터로서 성공을 하려면 무한한 경쟁을 뚫고 올라가야 하고, 때로는 10년이 걸려 겨우 올라간 곳에서 내려오는 것은 몇 시간만일 수도 있다.

이렇게 우리를 덮은 그물망의 존재는 눈에는 보이지 않을 수도 있지만, 그 존재는 절대로 부정할 수가 없다. 바람이나 중력처럼.

어렵다. 자신의 본래 상태에서 진화하는 것을 많은 사람들이 20대 초중반에 포기한다.

포기를 하는 이유는 너무나 많다. 우리 머리 위의 그물망은 우리의 사기를 꺾기 위해 다양하고 효과적인 무기들을 사용한다.

영웅이란, 평범한 사람들이 소유한 능력을 초월해도 한참 초월한 사람들이다.

하지만 그들 역시도 처음에는 그저 광대들이었다. 그들도 멋이 없고 어설펐었다는 것이다.

누구나 다 어디선가에서

시작해야 한다.

양면성보다 3차원성?

우리는 사람을 두고 판단을 할 때, 복잡한 개념을 생각할 때, 물건을 구입할 때 등 그 대상을 양극화시켜서 보려고 할 때가 많아.

선하거나 악하거나, 그 둘 중 하나.
옳거나 틀린 것, 그 둘 중 하나.
좋거나 나쁜 것, 그 둘 중 하나.

그렇게 사고를 하면 모든 것이 너무 간편하거든. 시간을 매우 아끼게 돼. 물론 그 방식이 항상 나쁘다는 것은 아니야. 모든 사람과 사물과 상황 등에 대해서 모든 세세한 디테일을 다 의식하면서 살아갈 수는 없으니까. 세상은 너무나 복잡한데, 거기다가 변하기도 너무 자주, 그리고 빠르게 변하니까.

하지만, 가끔은 우리의 가장 큰 적 중 하나가 바

로 간편함이라고 생각해. 지금 난 술이 너무 땡겨. 당장만 생각하고 먹으면 너무 간편해. 내일 아침에 난 운동을 해야 해. 조금 더 장기적인 가치를 쫓기 위해서. 그런데 운동을 그냥 안 하고 한두 시간을 더 자면 너무 간편해.

다른 예로, 모두가 한 사람을 두고 뒷담화를 할 때 같이 거기에 껴서 욕하면 엄청 간편해. 굳이 사람들과 토론을 해서 나까지 미움 받을 수도 있는 상황을 만들고 싶지 않잖아.

또 어떤 사람이 이상한 행동을 해. 사회적으로 용납 안 되는 행동. 예를 들어 술 먹고 지나가는 행인에게 술주정을 한다든지, 자신의 아이를 공공장소에서 과한 체벌로 혼낸다든지.

그런 사람을 보고 '저 새끼는 그냥 미친 새끼야. 어유 병신'이라고 생각하고 마는 것은 참 간편해. 남이 어떤 행동을 왜 했는지 정확한 이유를 알아내려면 너무나 많은 노력이 필요하다는 말이야. 그것은 불가능해. 아예 어머니의 배 속에 있을 때부터, 그 사람의 지능지수와, 트라우마들과, 교육 환경과, 가족 관계, 시대적 배경 등을 전부 다 살펴야 그 사람에게 판단이라는 것이 공평해지기 시작하거든.

그래서 외국 사람들이 이 말을 너무 좋아하는 게 아닐까 싶어.

'Only God can judge me.'
즉, '신만이 나를 심판할 자격이 있어.'

일상에서만 보아도 우리 뇌는 너무나 많은 정보를 꾸준히 처리해야 하기 때문에 도저히 남의 사정이나 세상에서 일어나는 일을 다 정확하게 해석할 수가 없어. 하지만, 그렇다고 해서 무의식에게만 우리의 정보처리능력을 맡기는 것은 너무나 위험하잖아. 모두에게.

너무 많은 것을 놓치며 살아가고, 아예 사는 것이 사는 게 아닌 것일 수도 있어. 동물처럼만 살아가는 삶이 될 수 있어. 혹은 좋은 두뇌를 갖췄음에도 불구하고 원초적인 욕구만을 추구하게 우연을 통해서 지저분하게 다듬어진 야만인.

조금 더 고차원적으로, 여러 방면으로 상황이나 사람을 보는 습관을 기르려 해야 해. 특히나 이 시대에서는. 이 정보가 포탄 세례처럼 하늘에서 계속 떨어지는 이 혼란스러운 때에.

사람의 관점은 경험과 성격에 따라 자주 바뀌게 돼 있지만, 이 태도만 지킨다면 요즘 우리가 매체를 통해 보고 경악하는 감정적 광기로부터는 보호받을 수 있다고 생각해.

태도는 곧 토대거든. 그리고 그 토대는 감정이 흘러가는 대로만 의견이 바뀌지 않게 우리를 잡아주는 것이고.

Hold on.

수십 명의 어설프거나 아니면 탁월한 사기꾼들을 겪는다. 연예인+사업가는 참 위험한 혼합이다.

연예인은 민심을 사야 한다. 되도록이면 많은 사람에게서 사랑을 받아야 한다.
사업가는 수익을 창출해야 한다. 그러기 위해선 자신의 영토를 함부로 내주어서는 안 된다.

감성적인 면과 이성적인 면의 대결이 내면에서 항상 일어난다고 한다. 거기다가 나 같은 경우는 힙합 음악을 위주로 활동한다.

힙합하는 사람은 적어도 활동을 하는 동안에는 일상적이고 접근하기 쉬우면서, 표현이 강한, 자존심이 센, 힙한(젊은) 느낌이 없으면 리얼이 아니다.

되도록이면 솔직해야 하고, 자신을 음악적인 상품으로써 대놓고 프로모션하는 음악 장르다.
'나는 너무 멋있으니까 그걸 굳이 내 입으로 이야기 해서 너를 내 팬으로 만들게' 같은 느낌의 장르다.

그렇기 때문에 인위적이거나, 보정을 지나치게 한다든지, 예의도 필요 이상으로 차려서는 거의 안 된다고 할 수 있을 정도로 리얼해야 한다.

위의 세 정체들을 잘 혼합시켜서 현실적 모델을 창조하는 것이 하나의 일이 됐다.

예컨대, 우리 회사에서 누가 사회적 문제를 일으킨다. 그저 내 주위 사람이 잘못했다는 이유로 엎드려 사죄하는 태도로 반성문 제출하듯 사과하는 글을 쓰면 난 힙합이 아니다.

한편, 연예인으로서의 나의 약점들을 이용해 누가 나에게 사기를 치려 한다. 그의 방법은 거짓 증언을 통한 폭로다. 그런 사기꾼들과 같이 싸우는 것이 사업가 마인드를 넘어 그냥 상식이다.

하지만 연예인으로서는 외줄 타기이자 엄청난 시간 낭비다. 나한테 시비를 거는 사람들을 일일이 고소할 수도 없고, 다툴 수도 없다. 시간과 에너지의 소비가 엄청나기 때문이다. 물리적으로 불가능하다.

나는 전동 킥보드를 타고 다니는 것을 매우 좋아한다. 4년 이상 여러 대를 소유해서 타고 다녀봤다. 전동 킥보드 브랜드를 만들어 볼까 하는 생각도 해봤다. 자신 있다. 사업적인 측면에서 봤을 때 그 이동 수단과 나의 이미지는 어느새 잘 융화가 됐다.

하지만 속된 말로 '장사꾼' 느낌을 내면서 수익 창출을 시도했다간 큰 문제가 생길 수가 있다. 심지어 당장은 괜찮을 수 있어도 멀리 봤을 땐 '래퍼 스윙스'도 '운동하는 스윙스'도 아닌 '킥보드 스윙스'가 나를 지배하는 키워드가 될 수도 있다.

왜? 힙하지 않으니까. 래퍼의 기준에서는 멋이 없으니까. 언젠가 내가 킥보드를 판다면, 엄청 간지나야 한다는 것이다. 예술성이 굉장히 많이 투자돼야 한다는 것. 결론적으로 대부분의 다른 사업가보다는 추가되어야 할, 또 상반되는 이미지들끼리 융화시켜야 할 레이어들이 많다는 것이다.

예술을 합시다.

슈퍼마리오 속 행운의 별

성공한 사람, 혹은 해 나가고 있는 사람을 보고 절대로 질투하지 말 것. 그것은 그들의 삶과 고통을 과소평가하는 오만함이다.

무언가를 이루어 낸 사람들을 깎는 도구로 운이라는 말을 사용하는 사람들이 있다. 그런데 운은 누구에게나 찾아온다. 운은 그저 하늘에서 내려오는 비 같은 것이다. 운이 있어야 변화가 일어나는 것이다. 그리고 운은 여러 형태의 기회로 찾아오는 것이고. 사실 운은 그렇게 특별하다고 생각하지 않는다. 기회는 무궁무진하다.

어쨌든 운이 찾아오고, 또 운이 떠날 때, 자신의 순수한 실력, 혹은 지속성으로 올려놓은 자신의 위치를 유지하는 사람들은 의외로 드물다. 즉, 운만 좋아서 잘되는 사람은 없다. 운은 '슈퍼마리오' 게임에서 가끔 득템하는 '별'일 뿐이다.

자신을 무적 상태로 잠시 만들어준 후에, 다른 사람을 축복하러 떠나는 별이 바로 운이다. 자주 오고 간다. 그리고 올 때 감사하는 마음으로 움직여야 한다.

이제 점점 더 클리어하게 보이기 시작한다. 성공해 나가고 있는 사람들은 실패를 안 하는 사람들이 전혀 아니다. 누구보다 많이 실패하는 사람들이다.

마이클 조던이 놓친 점수가 보통 사람이 평생 농구, 축구, 컴퓨터 게임 등에서 합산해서 얻은 점수보다 많을지도 모른다.

성공과 실패는 상호관계를 이룬다. 지능을 잘 활용할 줄 아는 사람들이 치명적인 실패를 덜할 뿐이지, 백 프로 안전이라는 것은 아예 없다.

방석으로 온전히 만들어진 방 속에서 50년을 살아도 지진, 전쟁, 질병, 부동산 문제 등으로 죽거나 다칠 수 있다.

성공하는 사람들은 실패를 환영한다. 어차피 못 피하니까. 싫어하는 손님이지만, 할 것 하고 나가게 놔두기만 하면 좋은 일이 이후에 일어날 것이라는 것을 그들은 안다.

아프다, 두렵다, 피하고 싶다.
하지만 더 큰 것을 볼 줄 아는
사람들이야말로 성공한다.

우리는 강아지와 다르다. 강아지들은 오로지 지금밖에 모른다. 이 좋은 두뇌와 환경을 놔두고 우리는 강아지로만 살 것인지 잘 생각해봐야 한다.

오늘도 혼란 속으로.

오랫동안 집요한 공격을 받는 사람들은 보통 승자다. 드레이크, 백종원, 제이지 등등.

방금 백종원 선생님에 관한 영상들을 몇 개 봤다. 정말 집요하게 그를 갉아먹으려는 세력들이 있더라.
규모로 비교할 땐 그 숫자가 나에 비해 그분의 인지도가 훨씬 크지만, 그분과의 커넥션을 느낄 수밖에 없었다. 그분이 헤이터를 대하는 태도(무시)나, 그가 참고인으로서 조사를 받은 적이 있었는데 현장에 나타나서 보인 자신감이 나 스스로를 돌아보게 했다.

뺑을 치고 다니는 사람은 하얗고, 눈부신, 집중도가 높은 조명 앞에서 고개를 숙여야만 한다. 모든 것이 그 아래에서 다 까발려지기 때문이다.

하지만 그분은 달랐다. 유머감각, 발성의 크기에서 나오는 당당함, 논리, 지식, 그리고 심지어는 듣는 사람들을 따뜻하게 훈계하는 듯하는 여유까지.

Keep carrying your torch.

자기 자신을 믿을 때

무언가를 처음 하고자 할 때, 일을 벌이고자 할 때, 시작점에서 우리 대부분은 두려움을 느낀다. 'Comfort zone'에서 벗어나기 때문이다. 익숙했던 세상에서 벗어나는 것은 스스로 혼란 속으로 들어가는 것을 선택하는 일이기 때문이다. 혼란은 어두움과 비슷한 성질을 갖고 있고, 그 누구도 불이 없이는 익숙하지 않은 곳에서 걸어 다니고 싶어하지 않는다. 적어도 오래는.

자신을 믿거나 또는 반대로 믿지 못할 때의 차이를 구분하고 싶을 때 수많은 방법들 중 하나를 소개하고자 한다.

자꾸만 다른 성공 사례들을 흉내 내려고 하고 있는 자신을 감지하고 있다면, 우린 스스로를 의심하고 있다는 것이다. 이런 행동이나 현상을 답습이라고 한다.

반면, 특별히 누군가의 의견이나 사례에 대한 호기심이 없다 하면, 생각을 아예 안 하고 있거나 아니면 정말로 자신을 믿고 있다는 증거가 만들어진 것이다.

책을 내기 위해 글을 쓸 때에도, 앨범을 제작할 때에도 두 태도에 의해 리얼과 가짜가 갈라지게 된다.

표절하는 아티스트를 보면, 사람들은 그의 용감함에 대한 신뢰를 의심하게 된다. 정말로 예술가라는 말을 들을 자격이 있는지 묻게 된다. 예술가는 창조를 해야 하는 사람이고, 예술가가 아닌 사람들보다는 반드시 자신의 장르 내에서만큼은 창작을 할 때 더 용감해야 하는 것이다.

정도의 차이가 있음을 강조할 수 있다. 예를 들어, 누가 누구의 영향을 받은 것은 표면적으로 너무 잘 드러나기에, '비겁한 도둑질을 하는 것은 아니다'라고 주장할 수 있고, 그런 의견도 충분히 합리적인데, 우리는 정말로 참된 오리지널리티,

즉 독특함을 두 눈으로 볼 때 입이 벌어짐을 막을 수 없다.

난 '칸예 웨스트'를 볼 때 그렇게 된다. 그런 사람들이 인기가 많은 것은 단순한 운이나 마케팅이나 애인의 인지도에 의해 결정되는 것이 아니다.

우리가 그들을 사랑하고 존경하는 이유는 많지만, 사실 중심에는 보석보다 단단한 노른자가 있다. 그들은 어두운 세상에, 고통과 절망이 가득한 세상에, 내일이 약속되어 있지 않은 현실에서 용감했기 때문이다. 어두움 속에서 사람들이 두려워하고 흔들릴 때 봉화를 들어서 사람들을 이끌어 가기 때문이다. 리더이기 때문이다. 리더는 총알받이다. 리더는 막히는 길에서 도로를 만들어 모두를 자신보다 편하게 해 주는 설계자다.

그들이 창조하는 것은 상투적으로는 노래, 그림, 음식 등일 수는 있지만, 사실 본질적으로는 '의미'라는 것을 탄생시키는 것이다. 산에 올라가면 바위들이 많다. 이름이 있는 바위는 사람들의 의식 속에서 의미가 있는 바위가 된다. 이름이 없거나, 사람의 창조력으로 의해 꾸며짐이 없는 바위는 그냥 아무 바위일 뿐이다. 의미도 없고, 생명력도 없다. 시각에 의해서 현실이 만들어진다.

뉴스에서 보도되는 수많은 추악하고 더러운 사건들을 생각해 보자.

아이들이 어떠한 종교인의 리더들에 의해 체계적으로 성적인 폭력을 당하고 있다 하면 많은 사람들은 선이나 삶에 대한 의미를 잠시라도 잃게 될 수가 있다. 왜냐, 신이 있다면 어떻게 이런 일이 일어나게 할 수 있을까 하고 묻게 되거든.

"전지전능한 신이 도대체 왜 이런 일이 일어나게 자꾸 놔두는 것일까?"

답이 신에게서 나오지 않을 때, 우리는 답을 찾는 것을 미루거나, 스스로 결론을 내릴 수밖에 없게 된다. 신도 없고, 심판도 없고, 상과 벌이나 선, 심지어는 악마저 없다는 답을 누군가가 내리게 된다면, 의미도 이 모든 것과 함께 존재하지 못하게 된다. 어둠 속에서 심지가 너무 짧아져 다 타들어 가버릴 초처럼, 아예 존재한 적도 없었던 것처럼 없어져버린다.

하지만 위에서 언급한 종류의 사람들은 그 불을 다시 점화시킨다. 그리고 자신 외에도 다른 사람들에게 불을 나눠준다. 세상은 잠깐일지라도 다시 밝아진다.

이 모든 기적들의 본질에는 개개인의 자신에 대한 믿음에서 나온다.

자신을 믿는 것, 그리고 순도가 높은 예술일수록 성스러운 것이다.

백 프로 리얼이라는 것은 있을 수 없다. 누군지 모르는 사람이 나에게 좋은 일을 해 줘도 그게 싫을 수도 있다. 하지만 고맙다고 미소를 지으면서 인사해 줘야 하는 것이다. 그렇지 않으면 오래 가지 않아 혼자가 되고 만다.

생존을 위해서 우리는 매우 자주 작은 단위의 거짓말은 해야만 한다.

늘 어느 정도의 가면을 쓰고 다니는 나나, 똑같이 그렇게 하며 살고 있을 남들을 생각하면서, 우리 전체가 얼마나 병신인지 인지하게 된다.

그렇게 모두가 또 하나의 번들로 묶인다.
우리는 약하다. 인정하자.

약하면 쉽게 당한다. 반대로 강하면 거의 당하지 않는다. 나쁜 놈들은 약한 놈들을 못살게 군다. 약했던 사람이 강해지면 나쁜 놈들은 고민하게 된다. 모두 다 강하면 모두가 모두를 존중하고 두려워한다. 이걸 영어로 'respect'라고 한다.

두려움을 받는 것은 꼭 악이 아니다.
악해서 두려움을 받을 때 악한 것이다.

자기 자신이 무서운 존재라는 것을 알았을 때 자신을 존중하게 된다. 그 강인함을 통제할 줄 알면 그것은 더더욱 큰 강인함이다.

통제력이 강인함의 피나클(pinnacle)이다.

정원 속의 기사가 되라고 융이 말했다. 사람을 죽이는 것이 직업이지만, 정원 속에 있을 때엔 그 힘을 안정적으로 보관해 둘 수 있는 힘.

강인함 위에 또 다른 멋이 있다. 그것은 바로 유연성. 고무줄같이, 혹은 물같이 본질은 지키되, 어느 모양으로도 상황에 맞게 변하여 사는 방법.

(혹시 자존감이 낮거나 직장에서든 어디서든 당하고 있다 생각하면 꼭 운동하세요. 진심으로. 특히 무술이나 격투 종목이면 좋다고 생각합니다. SNS를 한다면 당장은 잘하진 못해도 실력을 키워서 천천히 발전해 가는 모습을 영상으로 보여주면 서서히 다 물러날 것입니다. 전투는 되도록 피해야겠지만, 경고 사격은 쏠 줄 알아야 합니다.)

가속

이성과 감정의 조화의 레시피를 찾기 위해 모든 인간은 각각 어려운 길을 걷는다.

누구는 누구보다 더 빠르다.
사람마다 편차가 있다.

평소에 매우 이성적이어도 감정 제어 능력이 떨어지는 사람은 인생에서 큰 손해를 자주 본다.

예를 들어 누군가에게 오해를 할 때 차분하게 자신이 느끼는 것에 대해서 상대방이 기분 상하지 않게 얘기를 못하면, 그 사람은 계속해서 좋을 수도 있는 인연을 파괴한다. 나는 그걸 안다. 스스로 좋았던 관계들을 많이 파괴해 봤기 때문에(본인도 매우 힘들었습니다).

반면 감정 제어 능력이 매우 좋은 친구들이라고

문제를 아예 안 겪는 것은 아니다. 계산적으로 보이고, 치밀해 보이고, 인간미가 없어 보여서 사람들이 정을 못 붙이는 경우가 있다. 최근까지 한동안 두 극에서 엄청 왔다 갔다 하며, 다양하게 좋은 인연들을 잃기도 하고, 다시 찾기도 하고… 어떨 땐 너무 헷갈려서 잘못도 없이 피해자가 될 때조차 죄책감을 느끼기도 했다.

간절한 마음을 가지고 방법을 찾기 위해 계속, 계속, 계속, 계속 고치고, 뜯어 보고, 고치고, 부수고, 밀고… 지혜를 구하러 다니고, 희망을 잠깐씩 잃기도 했다.

이제서야 정상을 향한 길에서
많고 많은 높은 봉우리 중
중간 보스를 정복한 기분이다.

사람마다 성숙도의 편차에 대해서 얘기를 했었는데, 나에겐 32년이 걸렸지만 누구는 10살 때 이미 마스터한 기술일 수도 있다. 감정의 목줄을 끝까지 잘 잡아 두는 것. 유연하게 상황과 상대에 따라 풀어 주기도 당겨 주기도 하는 판단력.
모든 경험은 가르침으로 보라고 한다.

성공해도 수업,
실패해도 수업.

결국 끊임없는 교육,
즉 멈추지 않는 성장.

6년 전에 나를 '유리 멘탈'이라 했던 형을 며칠 전에 만나고 돌아왔는데, '멘탈 왕'이라면서 웃으면서 말해주더라. 비꼼이나 과장의 느낌 없이.

그땐 몰랐는데 지금 생각해보니 엄청 성장한 거야. 누구에 비해선 아닐지라도 내가 나를 이기고 있어.

그게 인간 모두가 집중해야 할 경쟁자야.
자기 자신.

모두의 싸움을 응원합니다.

말한 건 꼭 지킬 수 있는 책임감과 끈기를.

변화를 한 자신을 보게 될 때엔
부끄러워하지 않을 뻔뻔함을.
자기 신뢰를.

쇼미 8을 마치며

뒤늦은 땡큐 쇼미 8.

조금 더 겪어봐서 그런가. 올해는 스태프분들이 나에겐 더 빛을 내주었다.

어느 방송이든 항상 다 힘을 합치고 쥐어짜내서, 사람들이 재미있어 할 수 있는 걸 창조하는 것인데, 플레이어들도 너무 열심히 일했고 그들 모두에게 박수를 보내면서도, 정말 찡찡대고 싶을 때 입 다물게 한 건 스태프 분들의 불평 없는 태도였다.

던킨 도너츠 박스가 현장에 너무 예쁜 꽃처럼 있길래 "이거 누구 거예요?" 하고 (눈치 없게) 먹고 싶은 티를 냈는데, 착한 여자 스태프분이 지쳤지만 프로 스피릿이 담긴 태도로 먹으라면서 작은 박스를 통째로 나에게 줬다. 그 와중에 너무 맛있을 것 같아서 '헤에' 하면서 받아왔다.

어떤 분들은 이틀째 혹은 심할 경우 그 이상 집에 못 들어가고 옷마저 갈아입을 시간이 없었는지, 나에게 핀 마이크를 달아줄 때 땀, 그리고 체취가 강할 때가 종종 있다.

후각이 조금 민감한 편이고 비위도 약한데, 단 일도 기분 나빠 본 적이 없었다. 이유는 그들이 멋있어 보여서였다.

결승 촬영을 생방으로 끝내고 다 같이 우르르 몰려가서 고기를 먹으며 소주를 마시는데, 어찌나 애들에게 사진과 사인을 해달라 하는 분들이 많았는지(그것도 조심스레, 매우).

그동안 그러고 싶어 했던 마음을 프로 정신으로 항상 숨겨왔던 것 생각하며 되게 짠했었던 기억이 생겼다.

쇼미와 래퍼들 그리고 더 나아가 시청자들 사이

에 신뢰 문제로 몇 년째 크고 작은 이슈들이 많았는데, 난 2년째 안정을 느끼면서 올해 시즌을 마쳤다.

정말 약해져 있는 마음이었는데 깨뜨리지 않고 오히려 보존을 하고, 더 넘어서 더 단단하게 만들어 줘서 감사하다고 고개 숙여 마음을 전한다.

"모두 너무 수고하셨습니다. 언제나 그랬듯 4개월 동안 난 엄청난 것을 배우고 올해 시즌을 마칩니다. 다시는 나오면 안 되겠다라는 한숨 섞인 막연한 생각과 함께^^"

좋은 이미지나, 돈 몇 푼 더 벌려고 사람들한테 '공평', '당신은 소중', '있는 그대로' 같은 좋은 말들을 나쁘게 사용하는 이들이 가끔보다는 자주 보인다.

당장은 조금 아프더라도 객관적 사실을 듣는 것이 대부분의 상황에선 맞다고 본다. 물론, 타이밍이 중요하다.

그 이유로는,

첫 번째, 인생은 안 공정하다. 누구는 하수구에서 태어나고 누구는 구름 위에서 내려온다. 사실을 받아들이고, 그것이 불편하다면 올라가는 것 외엔 답이 없다.

두 번째, 나는 있는 그대로의 나로서 세상에게 소

중하지 않다. 물론 내 가족과 사랑하는 사람들은 나에게 더 관대할 것이다. 자연은 악하지도 선하지도 않다. 방금 태어난 사슴도 처음으로 땅을 네 발로 선 자리에서 사자에게 잡아먹힌다. 인간은 그런 날것의 자연 앞에서 과학과 법 등으로 우리의 생존 확률을 높여 왔다. 하지만 그런 감정이 없는 자연 앞에서 온전히 안전한 사람은 없다. 빌 게이츠라도, 그의 발 아래에서 지진이 난다면 그는 동전 하나 없는 옆사람처럼 흔들리고 넘어질 것이다.

가족과 사랑하는 사람들은 나에게 관대할 것이라고 했지, 무조건적으로 나를 항상 받아줄 보장이 있다고는 안 했다. 알코올 중독자인 아버지가 늦은 밤 술에 취해, 눈이 뒤집힌 상태에서 가족에게 폭력을 계속 휘두르다 보면, 그를 사랑했던 가족마저도 뜨거운 복수심을 안은 채 돌아설 수 있다.

이러한 사실들을 관찰해 봤을 때, 우리는 있는 그대로 사는 것이 꼭 좋은 것이 아니라고 나는 생각을 하게 되었다.

자신을 채찍질할 필요까지는 없다고 본다. 하지만 진정으로 나를 사랑하고 내 사람들이 나를 사랑한다는 것을 안다면, 내 사람들과 나를, 그리고 내 사람들과 나의 관계를 더 보존할 의무가 있다고 생각한다.

사람은 자신이 평소에 지속적으로 하는 행동을 통해 타인에게서 평가를 받는다. 그리고 그 평가를 통해서 받는 급여나 존중 등이 결정된다.

무조건적으로 나를 소중하게 생각해주고, 있는 그대로 있어 달라고 자연은 이야기하지 않는다. 그저 '더' 바랄 뿐이다. 언제나 더 원한다. 30년 동안 한 회사에 충성심을 다하고 여러 차례 가치를 입증해도, 더 더 체력이 좋고, 더 충성심이 강한 사람이 나타날 때 회사는 교체를 진행한다.

강인함(능력)을 키우려는 태도는 선이다. 사후 세계에 대해선 아무도 모르니 그 이후는 토론할 생각이 없지만, 이 생에서는 자신의 '력'을 키우는 것이 진정한 고결함이라고 생각한다.

우리는 빚더미에 쌓일 때 돈 많은 삼촌에게 전화한다(그가 존재하기나 한다면). 내 뒤를 봐주는 사람이 있었으면 한다. 그리고 기왕이면 그 뒤를 봐주는 사람이 든든한 사람이었으면 한다.

오늘도 키운다.

비극

의미를 창조하는 일에 몰입이 되어 있는 사람들이 있다.

가만히 앉아서 아무런 일이나 창의를 하지 않고 (자의로) 40년을 보낸 사람은 의미 있는 삶을 살았다고 할 수 있을까.

도 닦느라, 지능으로 자신의 세상을 완벽하게 정리하느라 인간 평균 수명의 절반을 보냈다고 하는 극단적인 경우 정도 빼고는 누가 봐도 이해하기가 힘들 것이다.

많은 사람들은 무언가를 이루고픈 마음은 너무나 강하지만 평생 마음속에 가득 차서 쓰이지 못한 많은 양의 성냥을 태우지 못한다.

내 관점에서는 이보다 큰 비극이 없다.

강아지가 뛰어난 후각을 쓰지 못하고, 거리를 뛰어보지 못하고, 사랑을 주고받지 못하는 것. 새가 날지 못하는 것. 오렌지 나무가 열매를 맺지 못하는 것.

우리의 뛰어난 두뇌, 그 너무나 뛰어난 두뇌 안에서 작동이 되는 상상력을 현실화시키지 못하는 것은 벌이 꿀을 만들지 못하는 비극과 같다.

전사가 없는 세상이 예쁘겠지만, 한 번도 칼을 못 뽑고 자신의 쓸모를 증명하지 못하는 싸움꾼은 갑옷을 마지막으로 내려놓고 집으로 영원히 떠날 때 어떤 심정일까?

그래서 몰입을 해야 하는 것이고, 1년 뒤, 2년 뒤, 혹은 먼 미래를 항상 기대하고 책임지며 살아야 한다는 것이다.

먼저 자신이 누군지 알아야 한다.
자신이 무엇을 원하는지, 무엇을 잘하는지,
무엇을 좋아하는지 알아야 한다.

이것들부터 처리해야 한다.

그 이후에는 자기 의존.

그래도

초등학교 저학년이라도 배신감을 안 느껴 본 사람은 드물 것이다.

매우 아프다.

나이를 먹어가면, 그 고통은 점차적으로 줄어들게 될 줄 알았다. 하지만 꼭 그렇지만은 않더라.

첫 번째 이유는, 이제 곁에 남은 사람이 점점 없어지고 있기에. 앞으로도 그 방향으로 계속 갈 것이라는 것도 알기에.

두 번째, 내가 나름 똑똑해졌다고 믿기에. 그래서 '안 당할 것이다' 라고 생각하기 때문에.

이제는 마음이라는 연약한 범주 안에 함부로 사람을 안 넣으니까. 겨우 마음 안에 들어오게 한 사람은 엄선해서 초대한 사람이니까.

노련함을 믿고 살아가다,
그 뒤에 오는 배신은 정말 따갑다.

마음을 잘 잡지 않으면 그냥 사람이 무서워지게 되고, 악순환은 빠져나오기 너무나 힘든 깊은 곳으로 내려간다.

그래도 좋은 사람들이 많다는 것을 잊지 않아야 한다. 그 사람들을 잊으면 그땐 나도 그들을 배신한 것.

효율

운동을 조금씩 하면서 느낀 것.
비트 메이킹을 하면서 또 조금씩 느낀 것.

본인의 방법론, 혹은 철학을 어느 정도 탄탄하게 만들고 나면, 그 하나의 철학 체계로 어떤 일이든 할 수 있다는 것.

예를 들어 웨이트 리프팅을 할 때 난 나에게 무한한 뻥을 친다. 내가 아직 들려면 더 많은 수련이 필요한 무게인데도 자신에게 뻥을 치면 순간적으로 폭발적인 효과를 분명히 본다. 물론 현실은, 우리 안에 원래부터 존재하는 힘이라고 생각하는데 대부분의 사람들은 대부분의 경우에 자신의 잠재를 평생 모르고 살다가 간다.

같은 철학을 이용해 랩에 사용하면 쩔어버린다. 가사도 더 멋있게 나오고, 녹음을 할 때도 승자의 에너지가 마이크 안에 들어가고, 결국 스피커를 통해 듣는 사람에게 진하게 전달된다. 자신한테 계속 세뇌를 하는 것이다. 믿어버릴 때까지.

비트 메이킹을 할 때도, 생각을 오래 안 한다. 작곡이라는 것을 어렵게 보지 않는다. 순간 마음에 드는 악기만을 고른다. 그리고 그 직감을 믿는다. 뒷생각을 최대한 하지 않는다.

사업을 할 때도 마찬가지다. 작은 것에 집착하면서 무언가를 바꾸려고 시간을 너무 할애하면 완성을 하기 한참 이전에 에너지가 고갈되어 실패를 하는 경우가 충분히 많다.

그 철학을 가지고 전부에 시도하려 했다. 실패는 물론 많다. 하지만 전체적으로 너무 효율적이다. 위험한 듯하지만 사실은 이것도 현실을 창조하는 데 있어 하나의 탄탄한 방법이다.

성장한다.

외줄 타기

외줄 타기를 인생에 비유하는 것을 좋아한다. 위험한 스턴트를 하는 그들의 용감함을 동경해 왔기 때문에 그들의 예술이 뇌리에 강하게 박혀 있는 것 같다.

예술을 진정으로 하는 사람들은 다 외줄 타기를 한다. 너무 위험하지만 그 위험에 맞서는 용기가 사람들에게 감동을 주기 때문이다.

새로운 것을 하는 것은 언제나 위험하다. 난로가 만들어주는 따뜻한 공기 속에서, 매너가 좋고 다정하게 웃는 손님들 사이에서 일하는 바리스타도 새로운 음료를 개발해서 제공할 때도 위험하다.

위험한 일을 하고, 성공을 했을 때 대개들 인정을 해 준다. 이 인정은 돈을 주고 살 수 있는 게 아니다.

글래디에이터들은 노예였다. 하지만 그중 오래 살아남은 전사들은 사람들의 마음 속에서 영웅으로 자리 잡았다. 물론 자의로 그들의 업을 택한 사람들이 없었다는 것은 모두가 안다.

그러나 그들의 용기가 사람들의 심장 온도를 변화시켰던 것은 분명하다.

본질을 잃지 않길.

고통이 길이다

조금 전, 몇 년 전 사진들을 수백 장 보았다.
내 사진 말고 타인의 사진들을.

사람들은 변한다.

망상이었으면 좋겠지만, 나이 들어가면서 점점 본인 특유의 밝음이 내려가는 친구들도 많아 보였다.

'참 상큼했던 너인데 요즘은 그런 모습이 잘 안 보여. 혹시 너도 어떤 돌아올 수 없는 다리를 건너가버린 거냐. 영영 못 돌아오는 거냐, 너도?'라고 속으로 묻게 되더라.

동갑내기 친구가 이젠 나에게 럭셔리가 되어버렸다. 외제차같이 귀중해졌다. 그들과 이야기를 나누고 싶다. 속에선 힘든지. 20살 초반 때의 무식

함에서 나오는 빛이 그리운 것 같다.

젊음을 생각할 때 머리 안에서 금방 떠오르는 그림 중 하나는 미국 어린 애들이 용감하게 타는 스케이트보드. 젊음을 표현하기에 참 이상적이다.

아슬아슬함의 가장 얇은 실에서 순진하고 배짱 좋게 놀고 있는 것이 젊음.

'난 아직도 젊다'라는 생각을 가끔씩 하면서도 동시에 모른다. 아직 잃어 보는 것이 무엇인지 덜 경험했다. 다쳐도 된다고 생각하기가 쉽다. 어차피 돌아올 것이니까. 세상이 주는 아픔을 아직 덜 아니까. 순진하니까.

가끔은 그때가 그리워서 부럽기도 하다.

사람들이 아이를 가지려고 하는 이유는 뭘까. 생물학적인 이유가 아마 가장 본질이 될 것 같다. 종족 번식의 본능.

가장 큰 이유는 아닐 것 같지만 심리적인, 영적인 이유도 있지 않을까?

천천히, 유쾌하지만은 않게 들어가는 나이를 지켜보며 생기는 허무함 때문이기도 할까? 그 허무함에 신선한, young 하고, 에너지 넘치는 무언가를 소유하고 싶어서? 회색빛에 반하는 밝음을 넣어서 삶의 균형을 맞추기 위해서?

세월의 영향은 피할 수 없다. 갑작스러운 쌩뚱맞은 이야기처럼 보일지 모르겠지만, 이래서 나는 파워 리프팅같은 스포츠를 사랑하게 된 것 같다.

내 안엔 여전히 어제의 아름다운,
성장만을 하는 아이라는 보석이
있다는 것을 증인하기 위해.

그게 너무 보고 싶어서.
그 멍청함을.
그 무례함을.
그 남자를.

해 보기 전까진

해 보기 전까진 절대 모르는 거야.

고등학교 때 처음에 랩한다고 했을 때 가장 가까웠던 그녀는 내가 음악인 친구를 따라한다며 정신 차리라는 말을 했었어.

사업한다고 했을 때는 다들 넌 절대 사업하면 안 되는 성격이라 했고.

웨이트 트레이닝할 때는 꽤나 알아주는 선수이자 트레이너는 내가 하체가 타고나길 약하다고 했어. 지금 난 그보다 스쿼트 잘 들어. 중요한 건, 처음엔 그를 믿었어. 그러다가 혼자 운동하게 되면서 매우 빠르게 깨달았지.

나보다 나를 잘 아는 사람은
이 지구에 단 한 명도 없다는 걸.

우리는 소, 양 등 상대적으로 지능이 낮은 동물들을 어이가 없을 정도로 허술한 격리 시설에 넣어 두잖아. 사실은 조금만 노력하면 도망을 칠 수 있어도 걔네는 절대 도망을 가지 않아.

왜냐면 그들은
그들의 한계를 생각조차 안 해서야.

레그 프레스 40kg 밀 때가 생각난다. 땀 뻘뻘 흘리면서. 레그 프레스 40kg이라면, 보통 체격의 여중생도 몇 개월을 훈련하면 밀 수 있는 무게라고 상상이 돼.
이렇게 우린 육체와 정신과 영혼을 너무 분리해서만 생각을 하고 사는데, 그렇게도 봐야 하지만 동시에 유기적인 상호관계를 의식해야 해.

무언가를 믿으면 육체가 변하거든. 어쩔 땐 너무나 빠르게. 믿음을 통해서 불치병에서 순식간에 나아진 사람들은 소설에서만 나오는 게 아니야.

성인이라면 플래시보 효과에 대해서 살면서 한

번 쯤은 들어봤을 거야.

전장에서 근무했던 의사들이 부상자들에게 제공해 줘야 하는 약이 부족해지게 되면서, 몇몇의 환자들에게 안정감을 주기 위해 설탕이 들어 있는 알약을 환자들에게 나누어 주며 뻥을 쳤어. 많은 환자들이 착각으로 인해 조금 혹은 많이 치료가 됐어.

근거가 있다면
고민을 오래 할 필요가 없어.

해 보기 전까지는 절대 모르는 거야. 해 봐야 해. 그런데 해 보려면 먼저 머리 안에서 어떠한 것이 가능하다라는 생각이 가볍게 자리를 잡고 있어야 해.

오래 사용해 왔던 의자에 앉을 때, 우리는 그 의자가 무너질까 봐 걱정하면서 의자의 상태를 확인하지 않잖아. 그냥 앉는 거지.
그냥. 그 마음처럼 가볍게.

우리는 모든 것을 어렵게 보는 환영을 스스로 만들 때가 많아. 길 가는데 스스로 앞에다가 방지턱을 엄청 만들어 놓는다고. 가끔은 그냥 눈을 비비고 다르게 보려고 해봐.

가볍게.

스포츠가 사랑받는 이유

스포츠가 사랑을 받는 이유는 많지만, 이런 것이 있다. 세상엔 회색 지대와 각종 의견과 적지 않게 같잖은 전문가 등이 너무 많이 존재해서이다.

누가 좋은 앨범을 내도
혹은 나쁜 앨범을 내도

누구든 카리스마와 지능을
제대로 사용만 하면
다수를 속일 수 있다.

구린 것을 좋아 보이게 만드는 것이다. 음악이라면, 예술이라면 얼마든지 가능하다. 그리고 이것이 바로 예술의 본질이라고 주장하는 사람들도 충분히 많다.

스포츠를 하는 스포츠인들은 혼란 속에서 싸우

지만, 관중 혹은 시청자는 직접 개입이 되지 않고 개개인이 원하는 결과를 기대하면서 관전한다.

경기가 종료되면 혼란은 사라진다.
물음표는 전부 없어지고,
오로지 승자와 패자만 남아 있다.
성공 혹은 실패.

심판들이, 선수들이 자기 역할을 제대로 했다면 다툴 필요도 없고, 누군가의 멱살을 잡을 필요도 없다.

어느 축구 선수가 다른 축구 선수의 목을 여러 차례 깨물었든, 자기 동료를 경기장에서 팼든, 사생활이 문란했든, 선수는 골만 자주, 잘 넣어 주면 부자가 되는 것이고, 자기가 원하는 것들을 쟁취할 수 있는 자격을 모두가 인정하게 된다. 그리고 해야만 한다.

아름답고 신성한 것.

솔직한 것.
공정한 것.

의미를 창조하는 행위인 것.

예술을 '잘'한다는 것

Post SNS, Post Youtube, Post Internet 등의 시대에선 예술을 잘한다는 것의 의미가 점점 죽어가고 있고, 그걸 아예 모르는 사람은 없을 거야.

음악의 범주 안에서 한번 생각을 해 보자.

박자, 음정의 표현의 한계를 뚫거나, 가장 정확하게 표현하는 사람들이 한때 스타였어. 무언가 신의 '선택'을 받은 듯한 사람들. '천재'라는 말이 어울리는 사람들. 정말 극소수의 엘리트들이 인정을 받고, 사랑을 받아 왔지.

그럼 지금은 어떨까? 일단 수요가 너무 넘쳐나. 사운드클라우드, 유튜브, 인스타그램으로 인해 모두가 자신의 재능을 너무나 쉽게 홍보할 수 있는 시대가 와 버렸어. 한꺼번에 너무나 많은 예술가들이 예술 행위를 하니까 이제 누가 잘하고 못하는지 알 수가 없게 된 거야. 수적으로 양이 기하급수적으로 늘어나고 있는 동시에 일어나는 현상은 그 형태도 너무나 다양해졌기 때문이야.

과거의 기준들, 예를 들어 박자 감각이나 음정의 정확도는 사라져 가는 거야. 음정에 대한 컨트롤이 너무 열등해도, 표정이 멋있고 말을 잘하는 가수가 더 매력적으로 보일 수가 있거든. 그럼 사람들은 자연스럽게 질문을 던지게 되지.

'난 결국 얘가 더 좋은데? 내가 왜 좋아하지도 않은 사람을 지지해 줘야 하지? 얘 영상보면서 얘 음악 듣는 게 내 행복에 더 도움이 되는데?'

양자물리학의 혼란스러운 세상이 이제는 육안으로 대놓고 자신의 존재를 드러내고 우리를 지배하는 느낌이야.

그냥 '내가 그렇다면 그런 거야'라고 어느 16살의 래퍼가 생각하고, 전통적 음악적 가치를 부정하고 음악을 내도 슈퍼 스타가 될 수 있는 세상이야. 말을 하고 믿기만 하면 현실이 이루어지는 것이 정말 그 어느 때보다 거짓말 같지가 않아.

예술인 a와 b와 c는 이미 너무 다른 동물이라 서로 비교하기가 힘들어. 독수리랑 바퀴벌레처럼.

그래서 답은 무엇일까?

자신이 맞다고 생각하는 길로 그냥 가면 돼. 자신이 맞다고 생각하는 예술을 밀고 나가면 돼. 언제나 그래 왔지만 지금은 그 어느 때보다 그게 중요해. 그리고 그게 맞다면, 그 믿음은 그 예술가의 목소리, 말투, 걸음걸이, 인터뷰, 작품에서 반드시 나오게 돼 있어.

그게 스타야.

머리(지능, 기술, 이성)와
심장(영혼, 감정, 감성, 마음)이
조화를 이룰 때야.

그 조화를 이룰 때 그리고 오랜 기간 지속될 때,
그 스타는 흔히들 말하는 전성기를 누리게 되고,
계속 그 자리 안에서 답을 찾아야 해.

작품은 안에서 시작되고 만들어져
밖으로 배출이 돼야 해.
그 어느 때보다 더,
그저 '자기'가 되자.

인간

절대적인 선도 없고
절대적인 악도 없다.
그냥 그 사이에서 다들 수영하는 거다.

너무나 완벽했다고 생각했던 누가
내 도덕에선 정말 이해할 수 없는 짓을 해서
내가 미친 듯이 놀라워할 필요가 없다.
그도 그냥 사람일 뿐이다. 나처럼.

이 시대에 너무나도 절실히 필요한 대화 주제다.

누가 자신의 멋없음을 함부로 세상에 내뱉고 싶을까? 다 가리고 숨기고 사는 것이지, 그걸 드러내지 않았다가 들키면 그 사람은 갑자기 왜 꼭 악한 사람이 돼야 하는 거지?

원래 그런 사람이었는데.

너도 나도 다 엄청 구린 면이 너무 많은데.
순간 웃기다면, 웃기는 대로
그냥 웃고 넘어가 주면 안 될까.

서로한테 삽, 돌, 칼을 꼭 던져야만
내가 정의로운 인간이라고
스스로를 속일 수 있는 건가?

우린 그냥 인간이야.
그게 다야.

신

신이 정말로 존재했으면 좋겠고,
그가 정말로 선했으면 좋겠다.

시간은 참 야속해

난 35살이다. 숫자를 이야기할 때마다 기분이 별로일 때가 많다. 마음은 아직 20대 초반인데. 여전히 열정이 너무 많고, 여전히 늦은 시간에 잠이 안 와. 아직도 에너지가 넘쳐서.

그런데 난 만으로 33년을 살았어. 즐거웠던 순간들도 잡히지 않는 시냇물처럼, 손가락 사이를 쉽게 빠져나가. 그러고 기억 속에서만 모자이크 처리된 영상처럼 애매하게 저장이 돼.
솔직히 좆같아.

영원한 걸 찾고 싶어.

엊그제라고 느껴지는데,
십몇 년 전에 내 친구가 했던 말이 생각나.

죽는 건 괜찮은데 늙는 건 너무 싫다고.

진정한 의미를 찾고 싶어.

그런데 그런 기적은 하늘에서 멋지고 성스럽게 무릎 위에 부드럽게 떨어질 것 같지 않아서 일단은 열심히 살아보는 것 같고.

비슷한 두려움을 갖고 사는 친구들이
조금 더 힘내길 바라며.

나도 내 눈앞의 빛을
따라가길 바라며.

짬바(짬에서 나오는 바이브)

짬이 좀 차면 직업인으로서, 혹은 프로로서 새롭고 큼직한 장단점들이 생기게 돼.

단점부터 후딱 얘기하자면
모든 게 재미가 없어져.

베테랑 복서들은 펀치를 맞을 때 온전히 피해서 에너지를 많이 쓸 바에, 차라리 조금 맞더라도 피하는 데 힘을 덜 투자해서 적당히 아프게끔 피하는 스킬이 자연스럽게 생긴다 하더라.

익숙해지는 것 때문에,
위험이 없기 때문에
열정이 식어갈 수도 있어.

한편, 짬이 차면 좋은 점도 당연히 많겠지.
그중 하나, 꼭 얘기하고픈 것 하나.

내려갈 때, 망할 것 같은 기분이 들 때, '나는 끝나는 건가'라는 흔한 생각이 들 때, 그 공포가 생존하는 시간이 굉장히 짧아진다는 것. 즉 공포의 수명이 짧아져 있어.

아니까. 그 정도는 아파 봤으니까.
이런 지식이 무게감을 만드는 것 같아.

'요동칠 필요 없어, 가만히 있어.'

가끔은 그게 왜 없나 하고 더 위험한 짓을 해야 하나 하는 생각까지 들기도 해.

어쨌든 여유는 멋있고 섹시한 거야.
그래도 계속 위험하게 살자.

결국 끝이라는 건

'끝났다'는 마음으로
영원히 뒤를 안 보고
다른 길을 걸을 때만 진짜라는 것.

배짱이 작은 사람은
그래서 큰 그릇을 가진 사람이
잠깐 넘어졌을 때
빠른 속도로 응징이라도 하듯
넘어짐을 비웃지만,

뭘 좀 아는 사람들은
감정을 컨트롤하고
상대의 탄력을 과소평가하지 않는다.

너의 끝은 네가 정하는 것.

계속 맞으면

때리는 놈의 주먹이 생각보다는 혹은 적어도 처음보다는 안 아프다고 느끼게 될 것.

많이 맞았다면 물론 꼭 좋은 일은 아니지만 역설적으로 기쁨도 누릴 줄 알아야 해.

다음 레벨로 올라갔다는 뜻이니까.

의식과 전진의 합은 가속이 붙으면 멈추게 할 수 없는 거대한 당구공같은 불가항력이야. 그리고 굴러내려가는 눈덩이처럼 더 커지기만 하지.

나의 가장 큰 팬은 나

자신의 가장 큰 팬이 자기 자신일 때
어느 분야에서든 별이 될 수가 있다.

나부터 나를 믿지 않으면
누가 어떻게 나를 믿겠어.

지구상의 모든 오고 갔던, 그리고 앞으로 올 유행은 자기를 믿은 한 사람이 만든 것. 그게 두 사람이 되고 그 이상이 되어서 원천을 모르는 경우가 많을 뿐, 결국 각각 다 한 사람의 확신으로부터 먼저 탄생한 것.

종교를 창시한 사람들은 자신이 믿는 그 무엇에 대한 마음이 너무 일방적이어서 사람들이 그것을 또 따라 믿은 것.

어떤 새로운 제품이든 그 제품을 만든 사람은 처

음에 의심을 받잖아.

눈에 보이지도 않은 걸 왜 믿어. 비행기를 처음 하늘에 띄운다 할 때 누가 그걸 믿었겠어. 컴퓨터의 발명도, 내가 비트를 만든다 했을 때도, 비행기도.

자기에 대한 믿음이
모든 성공의 답이야.

믿음의 순도가 높으면
남들은 따르게 돼 있어.

인생이 좋은 이유를 생각해 봐.
그럼 조금 더 빨리 나아져.
약속해.

거울 현상

세상이 나에게 불친절할 때
나도 같이 불친절해지더라.

요즘 특히 무례해지고 있는 나를 발견해.
직업과 내 특유의 상황이 나를 가끔은
증오가 가득 찬 사람으로 만들더라.

답은 이미 알아. 누구나 알 거고. 그루브를 바꿔 주면 되거든. 역으로 다른 태도를 보여주면 되거든.

내가 먼저 거울 속의 세상이 바뀌게끔 조금 더 친절해지면 되는데, 마음속 깊은 곳에서는 그러기 싫을 때가 너무 많아.

논리, 이성, 합리와
전혀 타협을 하고 싶지 않은

화가 난 자아가 있어.
우리 안에.

사람은 때로 참 멍청해.

약해 빠져 징징댈 때엔

'괜찮아?'
라는 말보다

'정신 차려 병신아'
라는 말이 때로는 훨씬 도움이 되더라.

요즘 날씨 좋습니다.

퍼프 대디(Puff Daddy)가 2000년에 낸 앨범이 있습니다.
그는 현재 총자산이 1조 정도 될 것이고, 래퍼, 음반사, 예능, 의류, 주류 사업 등 다양한 일을 약 30년 전부터 해 왔고, 힙합씬에서는 사업 부분에서 제이지, 닥터 드레, 50센트 등과 같이 다섯 손가락 안에 드는 형님입니다.

중학교 때 그의 음악을 듣다 보면 맨날 '벤틀리'라는 자동차 회사의 차들을 언급했는데, 지금도 그때도 차에 큰 관심을 가지는 스타일은 아니었지만, 단지 그가 너무 홍보해 주던 차라서 갖고 싶었습니다.

3년 전에 구입하긴 했지만 내 벤틀리를 타고 강

변북로에서 그의 곡 중 하나인 'P. E. 2000'을 풀 출력, 무한 반복 재생으로 들으며 달렸는데, 세상 최고의 행복을 느꼈습니다.

이 글을 보는 사람은 자신을 허락하고, 허락해 주고, 원하는 것을 그냥 원하길 기원합니다.

세상이 우리가 우리를 의심하게 프로그래밍을 너무 잘해놔서, 우리는 우리의 꿈마저 비웃을 때가 많습니다.

그런 사고방식을 가졌다면
남에게는 더더욱 관대할 리가 없죠.

허락하세요.
쉽게, 간단하게, 행복하게.

코로나19

2020년을 살고 있는 사람이라면 코로나19 바이러스로 인해 인생이 지옥같고 너무 화가 날 수밖에 없겠지. 물론 나도 포함이고.

한 100년 전으로만 돌아가도, 아니 그 이전으로 돌아가도 세상이 주는 다른 시련과 도전들이 참 많았을 텐데.

예를 들어 흑사병, 혹은 전쟁, 혹은 맹수들과의 영토 싸움, 혹은 부족한 기술로 인해 조금 더 자유로웠던 범죄자들의 행보, 혹은 싸이코 패스틱했던 통치자, 굶주림, 다양한 자연 재해….
현대에 비해 현저히 열등했던 과학, 의학 기술로 얼마나 많은 사람들이 불쌍하게 갔을까.

개한테 잘못 물려서 그저 염증을 치료 못해서 죽은 사람들도 그 시대에는 가끔 있잖아. 그땐 가시 하나 잘못 밟아도 서서히, 고통스럽고, 서럽게 죽은 사람들이 너무나 많았겠지.

이런 생각을 하다 보면 너무 감사하게 돼.
코로나 여전히 열 받고 싫어. 하지만 조금만 관점을 바꿔서 생각해 보니까, 내가 이렇게 편하게 사는 건 내가 특권을 갖고 있기 때문이 아니야.

난 '살 권리' 같은 것이 없었어, 애초에. 자연의 눈 아래에 난 그냥 메뚜기고 개미야.

감사하게도 우리 선조들이 법과 경찰과 죄와 벌과 선행과 보상과 관련된 체계를 몇만 년 동안 만들어서 난 이렇게 잘 살고 있는 것이지. 유산을 물려받은 것이지. 받을 자격 없던 선물을 받은 거지.

자연은 자신의 계획에 적절하지 않거나 약한 존재는 1의 감정도 없이 그저 소멸을 시키지.
그 자연에 맞서서 나의 의식을 살아 있게 해 준 모든 분들에게 감사하는 마음이 정말 절로 나오는 밤이야.

곰한테 안 잡아먹히게 해 줘서 너무 감사한 마음이야. 조금 웃기게 들리겠지만. 모두 조금이라도 예전보다는 나은 안전 속에서 좋은 밤.

최대한 오래

어린애처럼 인생을 살 수 있는 게 결국 모두가 원하는 것 아닌가?

누구는 평생 돈 걱정 안 하고 여행만 다니고 싶어 하고, 누구는 평생 관중들의 사랑을 받으며 축구하고 싶어 하고, 누구는 비싼 차 타고 좋은 옷 입고 이성에게 항상 관심 받고 싶어 하고.
위의 모든 것들을 한 인생에 다 원하기도 하고.
또 누구는 조용히 자신의 방에서 그림을 그리고 싶어 하고, 누구는 게임만 하고.

어린이들은 상대적으로 자유가 많잖아(부모님 혹 보호자가 제 역할을 한다면).

'Financial freedom'이라는 표현은 서구 쪽에서 고등학생 이상 나이라면 다 알아. 직역하면 '재정적 자유'로 해석이 돼.

즉 개개인마다 생각하는 액수가 다르겠지만, 돈이 너무 많아서 일을 다시는 안 해도 된다는 뜻이야.

위 이야기들을 비유로 정리하자면, 동심도 구매할 수가 있네. 성형 수술처럼, 아니면 뭐 일류대 기부 입학처럼.

이럴 때
'더러운 세상 역시 돈이면 다 돼.'
그렇게 생각할 게 아니야.

'세상 쩌네. 예전엔 잘난 누구 밑에서 태어나야만 자유를 누릴 수 있었는데, 돈은 나한테 기회를 주네.'라고 생각을 해야지.

기회가 있어.
킵 고잉.

옛날 사진

옛날 사진을 보며 항상 깜짝 놀라.
너무나 다른 사람이 되어 버렸거든.

예전의 난 나 자신과 전쟁하고 있었어.
과거를 잊는 방법도 몰랐고
유명해지면 늘 미안해해야 하는 줄로 알았어.

돈 많이 벌어서 미안해. 남들보다 열심히 살아서 괜히 경쟁하고 싶어 하지도 않는 사람들을 더 아래로 내려가게 하는 것 같아서 미안해. 미국에서 살다와서 영어를 조금 더 잘할 수 있는 환경 속에서 자라왔어서 미안해. 그래서 나를 더 푸시했던 게 아닌가 싶어.

누군가의 기준에서는 조금 더 축복을 받았다고 생각해서.
남들과 비교하면 불행만 생긴다고 하는데, 난 위

를 보며 누군가를 질투하기보단 좁고 경솔한 시각으로 어느 부분만을 봐 놓고 누군가는 나보다 혜택을 못 받았다는 기분 때문에 죄책감에 시달렸어.
그게 내가 나와 세상을 비교하는 방법이었던 것 같아. 물론 그렇다고 해서 질투나 부러움이 없다는 것은 아니고.

표정 하나가 자세한 자서전 한 권만큼이나 파워가 있을 수가 있어.
어제의 내 얼굴을 보고 논리보다 더 뛰어난 직관을 통해 영화 한 편을 보는 기분이 들어.

이제야 사실을 보는 게 신기해.
그땐 내가 나를 안다고 생각했는데.
남들과 나를 비교하는 건 불행이야.
그리고 엄청난 현실 왜곡이야.

우린 누가 무얼 어떻게 겪어서 어떻게 그 사람이 됐는지, 아무리 옆에서 평생을 지켜봐도 일부 이상을 알 수가 없거든. 사람의 자아는 또 다른 우주만큼 크고 무한하니까. 본인조차도 본인이 어떤 행동을 왜 하는지 모르는 경우가 허다하니까.

흥미로운 건, 한 사람에 대해서 투자할 수 있는 시간과 에너지와 관심 자체가 적다 보니 어쩔 수 없이 빠르고 정확하지 않게 판단을 해야 한다는 거야. 그래야 이 정신없는 세상에서 덜 미치면서 살 수 있거든.

낙인이나 가격표 붙이기, 편견 생성, 즉 빠른(섣부른) 판단은 자연스러운 일이기도 하다는 말인데, 비교를 굳이 할 거면 어제의 나와 오늘의 나를.

내 삶은 나만 살 수 있는 것.
너무 독특해서 누구랑 비교하는 것 자체가
애초에 말도 안 되는 것.
그리고 어차피 누구랑 비교하려고 해도
결국 우린 우리를 가장 많이
좋아하고 신경 쓰는 존재.

그러니까 계속 돌아가련다.

거짓

변명이나 핑계는 세상을 무한한 '무'로 만들어 버린다. 무한함은 곧 아무것도 아닌 것을 대체할 수도 있기 때문이다.

변명이나 핑계의 코어 안에는 구라가 있다. 뻥이 있고 뻥이나 거짓말은 세상과 개인 또는 단체에게 혼란과 파괴를 가져온다.

사실이나 진리는 좁지만 단단하다.
부술 수가 없다.
다이아다. 빛난다.
비싸다.

때로는 옆에 달고 다니면 평판이나 더 나아가 생명까지도 위협을 받을 수 있다.
하지만 항상 보호를 받아야만 한다.

자신에게 오래 거짓말을 해 온 경험을 해 본 사람이라면 알 것이다. 나만 해도 오래 그래 본 적이 있었다. 나중에는 내가 누군지도 잊게 된다.

내가 어떤 것을 위해 사는지, 내 친구가 누군지, 내 능력이 무엇인지 잊게 된다.

뻥은 모든 것을 어둡게 만든다. 뻥은 흑이다. 뻥의 보존을 위해 음모를 펼치는 때도 있다. 여러 사람이, 한 단체가, 한 나라가, 지구 전체가.

노래를 못하는 친구가 상처 받을까 봐 오래 뻥을 쳐 준 친구나, 자신이 부족한 것을 아는데도 자신의 현실을 고치는 것이 너무 두려워서 자신의 없는 기술을 믿는 사람은 썩은 뻥의 보존과 성장을 위해 그 뻥의 세상 속 노예가 되어 버려 있다.

우주는 신기하게도 그들의 뻥을 언젠가 심판한다.
난 여러 번 심판을 받았다.
누구는 그러지 않길.

제대로 하고 있다면

누군가가 고맙다고 할 것이다.
만약 고맙다는 말이 아예 돌아오지 않는다면,
그럼 난 제대로 하고 있는 게 아니다.

둘 중 하나를 제대로 하는 게 아니다.

내 일을.
혹은 주위에 좋은 사람을 두는 일을.

최측근

최근에 나의 최측근이 나에게
너무나 불쌍한 인생을 살고 있다고 말했다.

그 시기는 작년 초쯤.
인생에서 가장 바빴을 때였다.

한 명은 당시에 그럭저럭 잘 나가는 음악인. 나의
삶은, 야망이 있는 이의 목표는 아니었을 것이다.
다른 한 명은 영업을 하는 친구.

둘 다 자신들의 삶을 나와 바꿀 수 있다 해도
절대로 교체하지 않는다고까지 했다.

이렇게 남의 인생에 대해서
함부로 판단하면 안 된다.
왜냐면 내 눈엔 그들이 불쌍해서이다.

그리고 기회가 온다고 해도
난 정말로 죽어도
그들의 삶을 받지 않을 것이다.

죽. 어. 도.

명상 효과

하다가 말고 하다가 말고 분명히 효과는 조금씩 봐 왔지만, 장기간 한 번도 안 멈추고 꾸준하게 명상을 한 것은 요즘이 처음.

다이어트를 하다 보면 신경 잘 안 쓰다가 어느 날 우연히 바지 사이즈가 내려간 것을 발견하고 놀라는 것처럼, 명상 이후 비슷한 느낌을 요즘 특히나 많이 받는다.

체험한 효과를 몇 개만 적어 보겠다.

1. 차분해짐.
보통 때라면 내가 흥분하거나 화가 날 상황에서 그냥 상황을 지켜보기만 하는 사람이 되어 가고 있어, 내가!

2. 공감 능력 향상.

남의 슬픈 얘기를 듣고 같이 슬퍼하지 않고 둔감하게 지내게 된 지 10년은 더 넘은 듯.
하지만 이젠 그 사람의 아픔이 예전의 나인 것처럼 다시 느껴진다. 뉴스에서 나오는 잔인한 범죄 사건을 보고 아무렇지도 않게 된 게 정말 오래됐었는데, 요즘엔 읽다가 막 그 범죄자의 감성이 너무 징그러워서 속이 뒤틀려.

'이런 현상이 좋은 것일까?'라는 생각을 문득 하게 되었는데 결론은 이렇다.

남의 기분을 상세하게 느끼고, 또 CCTV 화면을 보는 것처럼 상황이나 사람의 감정이 사진보다는 영상처럼 스토리도 보이기 시작한다. 그 영상을 보고 나면 상대방을 더 배려하게 되는데, 나한텐 더 추가되면 득이 될 능력.

3. 말이나 행동을 할 때 에너지를 낭비하지 않음.
상대의 이해를 돕기 위해 과장이 필요 없다는 것을 너무 명쾌하게 느끼게 되었다. 그래서 오늘도 거래처와 협상 중에 대화가 조금 뜨거워졌는데 원래의 나였다면 아마 계약이 어그러지는 상황이 왔을지도 모르는데 오히려 상대를 쿨 다운시켰다. 힘을 거의 들이지 않고. 그냥 매너 좋고 나이스 하게.

4. 상대방의 감정 감지 능력이 올라감.
예전엔 지난 경험으로 현재의 상대를 판단하는 '선입관'을 나도 모르게 많이 사용했다. 이런 상대 감정 파악 방법론은 자칫하면 매우 위험할 수가 있다.

사람은 몇 분만에도 생각이 바뀔 수 있고, 생각이 바뀌면 행동도 바뀔 수가 있는데, 한 사람이 언제나 내가 알던 그 사람일 것이라는 보장이 없기에, 현재를 보는 것이 가장 객관적이지 않을까 싶다.

요즘엔 그냥 보이는 게 다라는 것을 느낀다. 당장의 접촉이나 대화 안에서 느껴지는 것들을 가지고 더 판단하게 되더라. 물론, 내력이나 상대의 히스토리를 무조건 창 밖으로 던지라는 말은 아니다.

그저 당장 지금 느끼는 것들을 보지 못하게 선입관이 안개가 되면 안 되는데, 자주 꾸준히 명상을 하다 보니까 세상이 더 투명하게 보인다는 이야기다.

이 외에도 느낀 것이 많았지만, 당장 생각이 나지 않는다. 명상을 하기 전에도, 하면서도, 그리고 어제까지도 계속 효과들을 연구했는데 나보다 먼저 수행을 한 이들의 기록들을 이제는 몸으로 느끼기 시작하니 너무 행복해진다.

혼자만의 시간

기타 배우기 혹은 체지방 태우기 같은 활동은 반드시 혼자만의 시간이 필요하다.

데이트하면서 코드를 외울 수 없고, 친구들과 술 마시면서 살을 뺄 수는 없다. 모든 위대한 사람들은 혼자 있는 시간의 소중함을 알고, 활용한다.

'혼자 있는 시간을 즐겨야 한다'라는 말로 이 글을 마무리했다면 누구는 깊게 한숨을 쉴지도 모른다.

그렇게 생각하지 않는다.
혼자만의 시간은 속된 말로 개이득이다.

평소에 보고 싶지 않은 불편한 사람들을 명절을 통해서라든지 며칠을 억지로 봐야 할 때가 있을 수 있다.

어색한 관계 그 사이에서 오고 가는 술 몇 잔이 몇 시간 반복되면 모두가 술에 취해 잠든다.

그때 나만 일어나 있고, 드디어 프라이버시 속에서 내가 좋아하는 게임의 캐릭 레벨을 올리는 시간이 있다.

그 시간은 매우 좋은 시간이지.
그렇게 혼자 있는 시간을 활용할 수 있다.

Keep Dreaming

당장 눈에 보이지 않는다고 해서,
당장 이윤을 남겨 주지 않는다고 해서,
무언가를 너무 쉽게 잊어버리거나
넘겨버리는 것은 쉽다.

효율만 따지는 사람이나 사회나 시대 등이 있다. 하지만 꿈꾸는 사람들한텐 상투적인 것 이상의 가치들이 찾아오기도 한다.

상상력의 힘에 대해서 찬양하는 사회나 시대나 사람은 언제나 드물다.

신념과 망상은 서로 닮았고 각자의 일부분 중에 공통적 성격을 가졌기에, 꿈을 꾸는 사람들 중 적지 않은 일부는 미친놈 소리를 종종 듣는다.

적당한 망상은 개인에게 성을 지을 수 있는 잠재

를 만들 수 있다.

사람들이 비웃는다고 멈추지 않을 만큼
내 상상에 대해 집착을 해야 한다.

그 비웃음이 박수로 변해도,
혹은 변하지 않아도
나만 신경 쓸 수 있을 만큼
의도가 순수하다면 최고가 아닐까 싶다.

계속 꿈꾸길.

중고 소파

2014년도에 용산구 남영동에 위치한 낡을 대로 낡은 단독 주택에서 산 적이 있다. 당시에 나는 '저스트 뮤직'이라는 회사를 만든 지 얼마 되지 않았었고, 여담이지만, 현재 한국 힙합과 대중음악 부문에서 무지 핫한 친구 기리보이도 그 집에서 같이 잠깐 살았었다. 내가 이사를 갈 때 또 다른 멋있는 아티스트 씨잼이 그 집에 들어와서 한동안 살았다.

기리가 오기 전 내가 혼자 살았을 때, 중고 가구 파는 곳에서 갈색의 인조가죽으로 만들어진 LG 소파를 산 적이 있었다. 4만 원이었다.

지금은 그랬었던 내 모습이 귀엽고 대견스럽지만, 다른 사람들은 그러지 않았었던 모양이라는 걸 그 집에서 이사가고 난 뒤에야 알았다.

이후에 일이 잘 풀려 태어나서 처음으로 오피스텔, 아파트에서 살게 되었는데, 많은 사람들이 '이제야 말할 수 있어서 좋다'라는 식의 태도로, 남영동 집을 처음 봤을 때의 인상들을 이야기해 줬었다.

대부분은 '이게 한국 힙합의 끝인가?'라는 식의 생각들을 많이 한 모양인데, 그래도 일부는 "너는 그 집을 자랑스러워했어."라고 이야기해 주었다.

사실이다. 난 너무 고마웠다, 그 집에게.
내 힘으로 얻은 장소였기 때문에.
나만의 공간이 더 업그레이드됐기 때문에.

그리고 단 한 번도 남과 나를 비교하지 않았었기에 행복했다. 너무나.

지금 내가 앉아 있는 소파는 이케아 것인데, 가격도 비슷하다.

방금 이 위에서 명상을 했고, 명상이 끝나고 내가

감사해야 할 작은 것들에 대해서 생각하다가 이 소파, 그리고 그 LG 소파가 생각났다.

작은 것에 먼저 감사해야 한다는 말의 의미에 대해서 요즘 많이 들여다 보고 있다. 모든 행복의 시작이 여기에 있다는 것을 느낀다.

비싼 차를 살 때, 음원 성적이 매우 좋을 때, 큰돈을 손에 갑자기 쥐게 됐을 때, 이때도 물론 행복하지만, 토대가 확실해야 한다는 것을 요즘 느낀다.

한때 불평불만뿐이었을 때, 너무 많은 행복을 걷어찼다. 모든 것이 부족해 보였고, 모든 것이 나의 아래였다. 그래서 그 부족하다 느낀 존재들은 "알았어. 그럼 잘나고 대단한 것 잘 챙기세요"라고 서운해하며 나를 떠나버렸다.

작은 것에 감사해야 큰 것에 대해서도 감사하게 된다는 것도 사실이겠지만, 더 단순하게, 더 뿌리로 들어가서 본질을 보자면, 무엇이 어찌 됐든, 늘 최대한 많은 것에 대해서 감사하는 태도로 살면,

전 우주가, 이렇게 말해 주더라.

"고맙다. 마음을 예쁘게 먹어 줘서. 너에게서 풍겨져 나오는 진동의 느낌이 좋아. 난 네 옆에 있을게. 너만 괜찮다면."

그 LG 소파나 지금 이 이케아 소파나,
다 너무 좋은 것들이었다.

이 방 안에 있는 나머지 모든 것들처럼.

색을 입혀봐

내가 25살쯤에 알게 된 교포 여자 사람 친구가 있었다. 우린 비슷한 시기에 한국 힙합씬·스트릿 문화에서 일을 시작해서 지금까지도 서로에게 좋은 친구다.

몇 년 전 너무 힘들던 시기에, 오랜만에 그를 만났다. 그는 나에게 어떻게 지내냐고 물었다. 힘들어 보이기 싫어서 나는 나의 상황을 묘사할 때 평소보다 조금 더 긍정적인 빛을 첨가해서 내레이션을 했다.

그랬더니 그의 반응은… 약간의 '그래, 부럽다. 너 똥 굵다.' 이런 식이었다.
그는 분명히 나의 친구이기 때문에 독한 마음을 나에게 품었을 리가 없었다는 것을 알았다.

그의 반응이 나를 놀라게 한 이유는 두 가지였다.

첫 번째는, 그가 자신의 분야에서 매우 잘되고 있었다고 난 생각하고 있었고, 적어도 겉보기에는 지금도 그렇게 보였다. 그의 커리어는 화려하다. 누가 봐도.

두 번째는, 난 속으로 '시발, 좆같은데 그렇다고 말하긴 좀 결례인 것 같고, 힘든 것 티 내기 싫고, 그래서 적당히만 잘 지낸다고 하자'로 답변을 주고 있었는데, 어색함을 애써 가리려 하는 나를 알아보지도 못하고 '치. 좋겠네. 에휴, 난 힘든데.' 이런 반응이 나온 것이 그 짧은 순간에 깨달음을 줬다. 그래서 놀랐다.

그동안 난 남들이 나의 행복과 성공도를 재 주는 기준이라고 생각을 해 왔던 것 같았다.
물론, 백 프로 타인에게 맡겼던 것은 당연히 아니지만, 이런 일을 하는 사람으로서 대중의 시선을 굉장히 의식했던 것.

그런데 그 와중에 객관적이지도 않았다는 것.

누구는 누구를 실패자로 보고 있을 수 있고,
누구는 본인의 삶이 괜찮은데도
가까운 사람임에도 불구하고
부러워하고 있을 수도 있다.

결론은 내가 나의 상황을 좋게 본다면
내가 괜찮아지는 것이고, 그게 사실 다인데,
속어로 '가오'까지 챙기고 싶다면
그렇게 자신과 자신의 상황을 바라보는 것이
남들까지도 나의 관점으로 나를 보게 만드는 것.

무엇이 어찌 됐든,
내 상황에 그림자를 괜히 더 얹어서
좋을 것은 단 하나도 없다.

'머니퓰레이션(Manipulation)'이라는 단어가 있다. 조종한다는 뜻을 가진 단어다. 기계 등을 조작할 때도 쓰이지만, 다른 의미로는 사람을 속이고, 바보로 만들고, 이용하는 뜻도 담고 있다.

영어를 주로 사용하는 국가들은 이 단어와 매우 친숙하다. 미국 사람이나 영국 사람, 호주 사람과 대화할 때 이 단어를 꺼내면 한국인이 떡볶이가 무엇인지 아는 것처럼 그들도 단번에 알아본다.

머니퓰러티브(Manipulative)한 사람은 남을 조종하고, 속이고, 이용하는 인간을 의미한다. 우리는 그런 사람을 인생에서 가끔 마주하고, 때로는 그들로 인해 매우 크기도 한 피해를 입기도 한다.
하지만 안타깝게도 그들을 위한 고유의 이름이 존재하지 않는다, 우리의 언어에는.

'머니퓰러티브한 새끼'라는 표현이 대중화되려면 얼마나 오래 걸릴지 잠깐 상상해 보자. 어렵다.

친형이 지내고 있는 호주에 잠깐 놀러 간 적이 있었다. 시드니에서 지내던 어느 날 밤, 갈색의 신비하고, 통통하고, 뚱뚱하고, 짧고, 순둥순둥한 동물을 도시 한복판에서 봤다. 처음 보는 동물이었고, 분명히 포유류였다. 강아지와 두더지와 햄스터와 새끼 곰을 한 몸에 담은 듯한 느낌을 주는 귀염둥이였다.

숙소에 돌아가서는 이 동물의 정체를 찾기 위해 검색도 많이 해 보고, 친형에게 직접 물어보기도 했다. 굉장히 오래 묘사를 했는데도 결국 서로가 그 동물의 이름에 대해서 정의를 내리지 못하고, 나는 한국으로 돌아오고 말았다.

난 지금도 가끔 구글에 '호주 동물'이라고 영어로 친 뒤 검색하는데, 이젠 생김새가 가물해져서 결국 못 찾고 여전히 내 가슴 안엔 답답함이 남아 있다.

어떠한 거대한 현상이나 개념, 심지어 작은 동물이더라도 이름만 알면 단 한번에 너무나 많았던, 온 세상을 덮었던 것만 같았던 모든 안개는 사라지기도 한다.

어제 지인 한 분을 만났다. 오랜만에 만났고, 늘 오랜만에 본다. 서로를 꽤 오래 알았지만 가끔씩, 꾸준히 봐 온 그런 관계. 동시에 만날 때마다 늘 반가운 관계. 그 동시에 서운함 따윈 느낄 수 없을 만큼 성숙한 관계. 난 그분을 존경한다.

어제는 평소보다 일 이야기를 거의 하지 않고, 어쩌다 보니 그분의 속마음을 계속 듣게 되었다.

누구나 내면에는 아름다움도 있지만 고통이 있다. 그리고 대화를 편하게 하다 보면 그 고통을 보여주는 경우가 있다. 어제의 대화가 그런 경우였다.

그분은 위에서 이야기한 머니퓰러티브한 사람을 매우 오래 겪어서, 그와 안 보게 된 지 10년이 더 지났는데도 여전히 자신의 자존감의 토대가 부패돼 있었다.

참고로 그분은 대단한 사람이다. 자신의 분야에서 스타 플레이어다. 꿀릴 것이 없고, 완벽하진 않지만 동경까지도 가능한 인물이다. 머니퓰러티브한 사람을 겪은 사람들은 대개 멋진 사람이어도 오래오래 자신에 대한 평가가 혼란에 빠지게 된다. 이분의 경우도 자신을 믿는 동시에 부정적인 셀프 이미지와 부정적인 셀프 토크가 습관이 되어 버린 것이다.

그분이 당한 그것. 그 끔찍하고 공포 가득한 혼란 속에서 당했던 조종. 그것을 '가스라이팅(gaslighting)'이라고 설명해 주었고, 가스라이팅은 머니퓰러티브한 사람이 쓰는 무기 중에서도 주 무기다. 꿀벌에게 침이 있는 것처럼.

머니퓰러티브한 사람을 만나서 오래 지내다 보면, 결국 내가 나를 믿지 못하게 만들고, 나를 가스라이팅하는 사람의 말만을 따르게 되고, 어느 새 영혼 없는 로봇처럼 변해 있는 것이다. 버튼이나 명령어를 줘야만 수동적으로 움직이게 되는 사람. 늘 공포에 떨고 있지만 왜 그런 것인지 정확한 그림을 머리 안에서 못 그리게 되는 사람. 온 세상이 먹구름에 덮여 있는데 그 안에서 비행을 해야 하는 사람.

꿈도 좇지 못하게 되고, 믿을 사람이 없어서 친구들도 멀리하게 되고, 사슬이 안 보이는 노예가 돼 있는 것. 그 안 보이는 사슬의 한 끝은 내 목에, 다른 한쪽은 노예주의 꽉 쥐어진 주먹 안에.

어제 지인에게 처음으로 위 두 개념을 소개해 줬는데 너무나 놀라워하는 그의 모습을 보았다. 명쾌함을 만끽하는 눈빛이 보였다. 벽에 붙어 있는 그림자의 정체를 늘 궁금해하다가, 그림자의 주인을 보게 된 느낌을 얻은 사람처럼 보였다.
'시발, 그거였어!' 하는 느낌.

다음에 하는 말은 잘난 척의 의미가 아니라는 것을 미리 강조한다. 그의 반응을 예상하고 말했다.

십 년 넘게 자신이 느낀 것을 단 한번에 정리해서 이해할 수 있게 돼서 너무나 시원하다고 했다.

명확한 한 단어의 힘은, 정의(definition)의 힘, 진실의 힘, 솔직함의 힘은 공통적인 무기를 토대로 한다. 그것은 투명함이다.

사기꾼들, 도둑놈들, 허풍쟁이들이 가장 싫어하는 것. 크리스털 같은 명쾌함, 간단함, 단순함, 간결함. 자신한테 사기치려고 하는 사람을 만나본 사람들은 다 안다.

항상 그들의 수법은 좆같다. 많이 당해봐서 아는 사람으로서 이야기를 나눠 본다. 흐릿함을 이용한다. 애매모호함을. 중얼거림을.

예를 들어 보자.

기꾼: 지훈아, 사업 같이 하자.
지훈: 그래, 돈 있어?
기꾼: 있어.

지훈: 얼마?

기꾼: 그 얘기하다 보면 와꾸 나올 거야. 나 가게 5개 운영하고, 아는 형님이랑 이런 거 하고 저런 뭐 저 건물 내가 아는 사람이 해서 거기 사무실 하나 들어가 있어.

지훈: (뭐가 이렇게 많아??) 가게 뭐뭐 해?

기꾼: 저 호프집이랑, 돈가스 집이랑… 내 동생들하고 운영해.

지훈: 가게 이름들은?

기꾼: 나중에 한번 같이 놀러 가. 요즘 바쁘지? 내가 한 번 쏠게. 와서 사진이라도 한 장 찍어줘.

get it?

이 글을 보는 사람들 중 나보다 똑똑한 친구들이 많을 거라 믿지만, 안 당하는 방법은 언제나 그가 하는 모든 말에 증거를 대게 하는 것이다.

주소.
이름.

잔액.

매출.

이런 것들.

긴 말은 사실 필요도 없다.

리얼한 것은 언제나 원래 그래 왔다.

외모 지상주의

예쁜 것, 잘 생긴 것을 보며 좋아하는 것은 정상. 질투하는 것도 충분히 정상일 수도 있다. 내가 더 멋져지고, 예뻐지기 위해 성형, 운동 등 관리하는 것도 정상.

내 몸, 내 마음.
내 돈, 내 마음.
내 인생, 내 마음.

하지만 남이 못생겼다고 생각해서
그 사람을 비하하는 것은 비정상.

래퍼가 래퍼를 보고 음악 갖고 싸우는 것은 정상.
축구 선수도, 격투기 선수도 마찬가지.

자기가 최고라고 주장함은 곧 그렇게 생각하지 않는 사람들의 도전을 받아들이겠다는 각오가 돼 있어야 하고, 스포츠와 힙합의 세계에서는 치열하고, 유치할 수도 있는 경쟁을 받아들이는 정도가 아니라 당연하게 우리는 생각한다.

유치할 수도 있지만 누군가가, '내가 제일 예쁘고 나머지는 다 좆밥이야'라고 공개적으로 이야기를 한다면 그땐 세상의 모든 예쁜 사람과 비교를 당하며 그 테스트를 견뎌야 한다. 이런 사람은 거의 없다.

나머지 대부분의 사람들을 생각해보자. 자신의 외모를 좋든 싫든 달고 다닌다. 자기 몸을, 자기 얼굴을.

그런 사람들을 왜 내가 놀려야 하나?
내가 그 사람이 누군지 알아?
그 사람이 내 차에 흠집 내고 도망침?

외모라는 것은 너무 중요하다. 각자 기준이 다를 뿐, 대부분의 인간은 자신의 취향에 맞는 외모를 가진 짝을 찾으려 한다.

나는 한국인이고 어릴 때 빼고 거의 평생 한국에서 살았다. 하지만 내가 사랑하고 오래 산 이 나라는 너무, 너무, 너무 남의 외모에 대해 비판적이다.

우리가 신인가?
남이 어떻게 생긴 것에 대해서
그렇게 깎아 내릴 자격이 있나?

만약 상대가 내 눈에 못났다면,
내가 그걸 지적할 자격이 갑자기 생기는 것인가?

그렇다면 같은 논리로 남이 내가 못나 보인다고 해서 나를 놀린다면, 그 권리를 나는 인정을 해주고 "그래. 네 말이 맞아. 언제든지 놀려. 넌 그래도 돼. 왜냐면 나도 그러니까. 나보다 못난 사람들한테."라고 할 것인가?

우리는 관찰력이 뛰어난 민족이다.
선천적이든, 후천적이든, 내가 느낀 바다.

미국에서 9년을 살다 96년도에 한국에 들어왔

다. 초등학교 3학년 때, 선생님이 나보고 나와서 칠판에 무언가를 적으라고 해서 적었다. 분필을 들고 글씨를 적기 시작한 지 5초도 안 돼서 애들이 뒤에서 귓속말하는 소리가 들렸다. 애들이라 그런지 소리가 노골적으로 크게 들렸다.

"왼손잡이다."
소곤소곤 소곤소곤.
나한텐 이런 것이 충격이었다.

난 내가 왼손잡이라는 사실을 별로 인지하지도 않고 살았지만, 뒤에서 너무나 큰 일부가 내가 왼손잡이라는 사실을 몇 초 만에 바로 알아차렸다는 것이다.

이것이 우리다. 우린 상대의 모든 것을 본다.
관찰은 죄가 아니다.
그런데 우리는 왜 관찰을 넘어
받지 말아야 할 대상에게
고약한 비난을 하는 것인가.

모두가 모두의 멱살을 잡고 사는
사회가 되어 가고 있는 것 같을 때가 너무 많다.

또 한 가지는 이제 나에게 분명해지고 있다.

남과 다툴 때, 상대의 약점을 잡을 때, 외모 얘기를 자연스럽게 꺼내는 사람들이 있다. 아니, 자주 볼 수 있다. 그들은 누구보다도 자기를 학대할 사람들이라는 것.

그리고 사람의 지능과 유머 감각, 패션 센스, 지식 수준, 예의, 창의력, 목소리, 어휘력 등 상대를 이해할 때 너무나도 중요한 것들을 볼 줄 모르는 존재들일 것이다.

사다리 같은 뻔한 비유

사다리 같은 뻔한 비유를 쓰기 싫지만, 최근에 사기꾼이 또 한 번 나와 내 식구들의 삶에 들어 올 뻔했다.

잊지 말자.

상대방의 모든 주장에 일일이 태클을 걸고 근거를 대라고 하면 친구 없는 왕따가 된다, 반드시. 내가 그래 봐서 안다.

하지만 '승자는 홀로 선다'는 말은 괜히 나온 게 아니다.

아직 사다리의 끝을 보려면 너무 멀었다는 것을 안다. 단, 1년 전, 2년 전, 5년 전, 10년 전과 너무나 다른 삶을 살고 있다.

과일나무는 먹을 게 많아서 벌레가 많이 꼬인다 하지. 과수원은 어떨까?

요지는, 사다리는 올라가면 올라갈수록 다가오는 벌레들의 크기도 비례해서 커진다는 것.

위에 간 사람들을 존경할 만한 이유가 있다.

'레그 프레스'라는 하체 운동을 하는 내 모습을 여러 차례 인터넷에 공개했고, 작년에 그 영상들이 전국적으로 화제가 되어 전설의 '깔짝충'이라는 별명이 그때 생겼다.
미리 얘기하지만, 난 그 별명에 대한 프라이드가 엄청나다.

여하튼 2년 전에 처음으로 레그 프레스를 했을 때가 기억난다. 당시에는 40kg도 힘들어 했었다. 지금은 깔짝이 아닌 풀로 하면 500kg은 든다. 자랑을 목적으로 쓰는 말은 아니다. 물론 말을 함으로 내 성장의 작지만은 않은 갭을 볼 수 있지만.

200kg 정도 이하는 그냥 우습다. 무섭지도 않고, 빨리 더 큰 자극을 찾고자 몸을 풀기 위해 이용하는 무게 정도가 되었다.
200kg이라는 수치가 나왔는데 바로 저 수치가

나에게 큰 깨달음을 줬었다.

마인드가 익스팬드(mind expand) 되는 현상을 모두가 여러 번 경험한다. 인생을 살면서. 혹시나 표현이 익숙하지 않을 수도 있어서 정신이 확장된다고 생각하면 된다.

초보였을 당시에 내가 다녔었던 헬스장에 어느 마른 체형의 여자 트레이너가 있었다. 그분이 내 옆에서 레그 프레스를 하는데, 당시에 난 40kg을, 그분은 200kg을 했다. 물리적으로 말이 안 된다고 생각했다.

'내가 저 여자보다 못해도 30kg는 더 나갈 텐데!' 성적 편견이고 뭐고 저 여자와 난 키도 비슷하고, 난 어릴 때 단거리 육상 선수였고, 지역에서 유명했던 초딩 비보이였고 당시에도 사지가 멀쩡한, 다친 곳이 없었던 건장한 남자였다.

얼마 후, 보는 사람이 아무도 없을 때 소심하게 레그 프레스의 중량을 늘려 봤다. 80, 100, 120,

150, 180, 200kg. 모두 쉬웠다. 그동안 나를 가둔 게 무엇인지 알아냈다. 내 마인드였다.

요즘 전동 킥보드가 유행인데, 각 제품마다 다르겠지만 킥보드도 속력에 제한을 걸어 둘 수가 있다. 너무 빨리 나가는 것을 방지하기 위해(다칠 수도 있으니까).

예를 들자면 원래 어느 킥보드가 최고 속력이 50km라면, 그 제품에 속도 제한을 인위적으로 30km로 걸 수가 있고, 설정을 바꾸기 전까진 절대로 그 킥보드는 그 이상의 속력을 낼 수가 없다(풀 속력으로 달리고 있는 와중에 언덕으로 내려가는 극단적인 경우는 제외).

이처럼, 마인드는 신체를 조종한다.
물론 또 신체도 마인드를 조종한다.
서로 상호관계를 이룬다.

나는 너는 우리는 우리의 한계를
평생 못 보고 가는 경우가 대부분이다.

마인드 세팅 때문이다.

잠깐 옆으로 샜는데, 자기 암시를 대중화시키기 위해 나는 여러 콘텐츠를 만들었다. 유튜브 게시물, 방송에서의 홍보, 음원, 그리고 수많은 글들까지.

지금은 놀림도 무진장 받고, 많은 사람들은 '저래서 미친놈이구나'하지만 약속한다. 이건 과학이다. 요즘 유행하는 그 말 '○○은 과학' 이게 아니라 진짜 실험들을 통해서 입증된 과학.

코너 맥그래거한테 물어 봐라.
로니 콜먼한테도.
수많은 부호와 음악인들에게도.

결국 다 내 마인드를 가둔
상자의 열쇠 구멍을 뚫기 위한 것.

Open Up!

사실을 얘기하는 사람

"너 지금 찌질해."
"삥 치지마!"
"어제 너 술 먹고 그 사람한테 한 행동 추했어."
"말 좀 예쁘게 하자."

이런 말을 남들이 안 볼 때
나한테 하는 사람들의 가치를 잊지 말자.
누구한텐 수백억 원의 가치일 수도.

세상은 가끔 정말 어두운 동굴일 수도 있는데
그런 곳에서 남의 눈이 나를 신경 써준다는 건
너무나 대단한 축복이야.

놓치지 말고 잘 해주자.
진실은 엄청 비싼 거니까.

"그 새끼 때문에 내가 이렇게 됐어."
"난 어떠어떠한 상황 때문에 이 지경이야."

그 말은 곧 브랜딩이다.

브랜딩이란? 유래는 이러하다. 불로 달구어진 쇳덩이를 이용해 소 등 가축 몸에 표식을 남기는 것. 남기는 이유는 가축의 등급이나 지역 등을 눈에 띄게 하기 위한 것.

브랜딩이라는 말은 진화를 해서 다른 의미로도 쓰인다. 대부분의 브랜드들은 브랜드 이름을 대표하는 상징들을 이용한다.

애플 - 사과
짐 티피 - 티피
저스트 뮤직 - 린치 핀

사람들도 브랜드다.
본인들이 알아도, 몰라도.

자신을 소개할 때, 혹은 누군가와 대화를 나눌 때 우린 끊임없이 우리를 브랜딩한다.
나를 판단하는 타인은 본인조차 의식하지 못해도 언제나 나를 개념적 사고로 보고 있다.

래퍼
돈까스
헬창
사장

또 추상적일 수도 있다.

열정
위너
루저
미친놈
에너지

핵심은 내 셀프 이미지로 인해 비슷하거나 같은 행동과 말과 사고를 한다.

매일매일 내가 꾸준히 말과 행동으로 보여주는 나의 모습이 내 브랜딩이다. 내 상징이다.

자신이 정말 뼛속 끝까지 범죄자라고 믿는 사람들이 있다. 그들은 그 셀프 이미지로 계속 살아가려고 할 것이다. 변하기가 굉장히 힘들다. 자신을 이루는 가장 기본적인 원자가 악하다고 믿고 살기 때문에.

맨 처음에 위에서 말한 주장 두 가지가 있다. 그들이 결론적으로 자신을 누구라고 외치고 있는지, 우리는 무의식적으로라도 느꼈을 것이다.

피해자.
희생자.

남으로 인해 본인의 행복과 불행이 결정되는 수동적인 사람. 잠깐 동정을 얻을 수는 있어도, 그들이 그 상태에 계속 머무르기만 하고, 스스로를 일으키지 않으면 누가 그들을 존중할 것인가.

스스로 그렇게 브랜딩을 한다면
남들도 그 브랜드의 마케팅을 받아들일 것이다.

우리가 나이키를 사는 이유가 무엇일까?

언더 아머는?
호나우두, 김연아, 드웨인 존슨, 조던, 레브론 등의 공통적 특색은?

최고라는 것.

매년 팀이 속한 축구 리그에서 매 경기에서 지는 팀이 있다고 치자. 그 팀의 스폰서 브랜드가 과연 그들과 오래갈 수 있을까?

나이키가 만약 C class 운동선수들과 광고 계약을 지금으로부터 3년 꾸준히 한다면 우린 나이키 제품을 계속 구매할 것인가?

명품, 명차, 브랜드 좋은 아파트에서 살면 그것도 하나의 셀프 브랜딩이다.

그런데 부와 재능을 갖고 태어나지 않은 사람이 있다면 우리가 가장 신경 써야 할 것은 심장에서부터 시작된다.

"일등만 기억하는 더러운 세상?"

아니.

"일등만 기억하는 건 세상뿐만이 아니라 나도 포함돼. 그러니까 1등을 하거나, 나만의 길을 만들면 돼. 그렇게 해서 내가 첫 번째가 되면 돼. 만약 둘 다 싫지? 그럼 내 선택을 사랑하고 내가 진정으로 가고 싶은 길을 가는 거야. 왜냐면 난 생존자지, 희생자가 아니니까."

나를 광고할 때
부정적으로 나를 설명하면

남들도 똑같이
그렇게 하도록 허락하는 것이다.

너무 쉽게 숙이지 않기를.

건강한 자신감

언제나 나를 믿어주는 것.

\+

언제나 나를 발전시킬 것이 남아 있다는 것을
인지하는 것.

\+

추진.

30대가 돼서야 일어난 변화

1. 기다릴 줄 안다.

이젠 그 어떠한 좋은 소식이 날아와도 별로 흥분을 안 해. 예전엔 이 주일 굶은 개처럼, 토끼의 그림자만 봐도 침을 흘리는 놈이었는데, 요즘엔 한평생 꿈만 꿨던 제안들이 눈 바로 앞에 와도 그다지 흥분을 안 하게 돼. 그 흥분이 수면 위로 너무 강하게 올라오면, 남의 성공을 질투하는 영적 생명체들이 나를 괴롭힐 것만 같은 기분이 들거든. 그래서 정말 내 손안에 확실하게 들어오기 전까진, '응, 그래. 도장이나 찍고요'라고 생각해.

한때는 '이렇게까지 열정이 없으면 내가 사람이 맞나?'라는 생각도 했었지만, 사실은 그렇게 흥분했다 실망을 자꾸 하면, 오히려 그 강했었던 야망은 양은 냄비처럼 팍 식더라고. 전력 질주도 멋지지만, 기다릴 줄 알게 되면 인생을 길게 보고, 에너지를 더 똑똑하게 쓰게 되더라.

2. 능력보다 인성의 중요성을 느끼게 된다.
난 정말 한 사람의 능력을 너무 우상화 해 왔어. 그리고 그런 사람을 옆에 두면 복이 큰 덩어리로 여러 개씩 올 때도 많아. 근데 가끔보다는 자주 내 마음에 무지하게 큰 상처를 주고, 그런 친구들 중 적지 않은 일부는 의리가 없어.
나조차도 그런 사람이기만 했을 때, 내 주위의 많은 사람들한테 오래갈 상처를 너무 많이 줬어.

한편, 조금 느리고 조금 부족해도, 화살처럼 똑바른 애들을 두고 오래 지켜보면, 좋은 와인처럼 안 상하고 되려 더 깊어져. 더 멋있어지고, 나까지 성숙하게 만들더라고.

3. 잘된 사람들에 대한 존경이 깊어진다.
30대가 되면 꽤 살아본 거야. 법도 알고, 사람도 알고, 돈에 대한 개념도 생기고, 누구는 이미 아이가 초등학생이고.

어느 분야에 있든 잘된 사람들은 다 버틴 사람들이야.

왕자와 힙업이 있는 사람들은 끈질긴 인간들이야. 절대 그들의 몸을 보고 냉소적인 생각을 하면 안 돼. 부자들도 마찬가지고. 자신의 분야에서 높이 올라간 사람들은 어느 정도의 일관적인 태도를 오래 지켰다는 뜻이야. 누구는 매일 새벽 기상 같은 습관을 오래 지킨 것이고, 누구는 술, 담배, 마약 등을 절대 안 한 것이고. 누구는 험담을 절대 안 한 것. 원칙을 존중하는 사람들이었기에 그들의 자리를 지킬 수 있었던 것. 운이라는 것은 누구에게나 오는 것. 천운이 와도 자신의 인생을 말아먹는 사람은 언제나 널리고 널려. 부모의 거대한 부를 상속받아 날리는 사람들은 드문 게 아니야. 그들에게는 원칙이 없으니 그렇게 될 수밖에 없는 것이고. 로또 당첨되어도 오래 지키지 못하는 사람은 돈에 대한 지식과 훈련이 없어서고.

잘 된 사람,
안 된 사람,
다 이유가 있는 법.

4. 정말로 강해져 있다.

여러 각도로 다양한 사람한테 맞아본 격투기 선수는 고통을 인내하는 여러 방법들을 습득하잖아. 근육은 방패 역할도 해줘서 복근을 탄탄하게 만들기도 하고. 펀치를 맞는 순간에 고개를 휙 돌려서 타격감을 줄이기도 하고, 또 하도 맞아서 맞을 때에 대한 공포로 인해 늘어나는 통증 자체도 줄고.

같은 맥락으로 30살이 넘으면 세상의 매를 많이 맞아봤기에, 적어도 10대 때처럼 세상이 마냥 커 보이지가 않아. 청소년기 땐 어떤 어른이든 뭐라 뭐라 하면 무서웠지. 지금은 나이만 먹은 하수가 깊이 없는 고함을 외칠 때 오히려 한심하거나 안쓰럽지. 고통은 작아져.

시간이 더 지나면 더 알게 되겠지.

어릴 때는 왜 그렇게 잔소리하는 사람이 많았나 했는데, 지금은 그분 중 적어도 몇 분에겐 감사함을 느끼며.

감사

지금 당장 감사할 것 세 가지만
마음속으로 말하기.

1. 내 눈앞에 티피 웨어(내 사람들과 함께 만든 의류 브랜드) 반바지가 있음. 너무 감사한 마음이 생김.

2. 로션 같은 거 바르는 것 매우 귀찮아하는데 친구의 권유로 오래 사용해 온 '피지오겔'이 내 피부를 보호해 줘서 너무 감사함.

3. (내가 설립한 레이블, 저스트 뮤직 소속) 한요한이가 요즘 너무 잘 돼서 기분이 매우 좋음.

정말로 이렇게 될 거라고 너무 믿었고, 딱 이런 길을 탈 거라고 너무 혼자 확신해서 너무 기쁘고 이 와중에 내가 짱이라고 자랑하고 싶고 그냥 자신을 믿고 나도 믿어주고 잘하고 있어서 너무 고맙다. 한요한아! (아마 이 글을 읽지도 않겠지만.)

이렇게 하루에 감사할 것 세 가지를 한 달 정도 생각하고 말하고 있는데 사람이 더 건강해짐.

복이 옵니다.
복이 볼링공처럼 옵니다.

실패가 길

웨이트 트레이닝을 하는 사람은 늘 느낄 것이다. 그 길을 걷기 시작하면 신체 중 일부 부위는 무조건 아파야 한다는 것을. 아예 안 아프다면 제대로 하고 있는 게 아니라는 것을.

하체 운동 빡세게 하고 나면 일주일도 아플 수 있고, 이두, 가슴 등 (아, 등만큼 짜증 나게 아픈 곳이 난 없더라고. 잠을 못 자겠는 느낌) 안 아픈 곳이 없다.

또 기타를 요즘 배우고 있는데, 손가락 중 지문이 있는 곳이 정말 너무 아프다. 엄지와 손바닥을 연결해 주는 부분도, 손목도, 팔도, 어깨도.

음반을 만들 땐 극심한 스트레스를 받는다. 작업하면서 "시발, 시발"이라는 말을 몇 번씩 외치는지. 컴퓨터가 느려지면 책상을 손바닥으로 엄청세게 칠 때도 많고. 작업을 하면서 외롭다 보니 자연스럽게 새벽에 술도 찾게 된다.

우리 어머니들이 우리를 탄생시키기 위해 얼마나 고생을 해야 했는지에 대해 짧게 생각해 보면, 엄청난 고통이 수반된다. 입덧에 호르몬 변화에 우울증에 물리적 무게 때문에 아픈 허리에 마지막에 출산의 고통 등등.

새로운 것을 탄생시키기 위해선
고통이 함께 간다.

성장을 하고 싶다면 고통은 피하는 것이 아니다.
고통을 향해 달리는 것이고,
고통을 반겨야 하는 것이다.
고통과 성공은 불알 친구다.
이간질을 시킬 수 없는 두 놈이다.

반기자.

테디 형님

방금 작곡가 테디 형님의 히트곡들을 쫙 들어봤다. 90년대 말부터 지금까지.
원타임, 지누션, 세븐, 거미, 빅뱅, 엄정화, 투애니원, 블랙핑크 등 20년 넘게 한 번도 전성기가 아니었던 적이 없었던 사람이었다.

아티스트가 인정하는 아티스트라는 표현 다 알텐데, 진짜 진짜 뭘 좀 아는 사람들만 아는 아티스트가 이 형을 매우 존경해 왔다.
왜 유독 (요즘) 대중들과 아티스트들이 잘 모를 수밖에 없냐면, 이 형이 너무나 조용히 음악을 했기 때문이다.

건물이 무너질 때 일어나는 소음은 엄청나고,
나무도 늙어서 쓰러져도 마찬가지.
하지만 나무가 자라는 소리나,
사람이 발전을 할 때는 고요함이 있다.

성장은 원래 그런 것.

다른 맥락인 것처럼 느껴질 수도 있겠지만, 하수들이 좋아하는 것이 성장보다는 당장만 시끄러운 파괴적 폭발력이다. 하수들은 그게 전부다. 하지만 테디 형은 그러지 않았다. 단 한 번도.

21세기 이후 세계에서 가장 위대한 대중 음악인 30명을 꼽자면 내 리스트엔 무조건 들어가는 사람이다. 칸예, 제이지, 에미넴, 비욘세, 이런 사람들이 들어간 리스트에.

생각을 해봐. 블랙핑크 유튜브 채널은 구독자수가 내가 마지막으로 확인했을 때 1, 2위였고 전 세계가 지켜보고 있다. 물론 특히 아시아에서는. 그리고 나 같은 힙합 하는 친구들한테는 내 세대가 초등학생이었을 때부터 테디 형 음악의 영향을 피할 수 있었던 적이 단 한 해도 없었다.

우리가 중·고등학교 땐 지누션이 The Shit이었거든. 빅뱅, 투애니원은 말할 것도 없었고.

오늘 글의 요지는, 너무나 많은 스타들이 오가고 했고, 여전히 그들은 내 기억 속에 영웅들이지만, 내가 만나 본 분들이 참 많단 말이다. 테디 형이 프로듀싱한 사람들에 한해서 하는 말이 아니다. 이 글을 쓰기 전에 너무나 많은 사람들이 떠올랐다.

그런데, 테디 형은 아직도 '새 것'이라는 사실이 경이롭고, 많은 분들은 그 레벨을 유지하지 못했다는 것이다.

종종 내 과거의 영웅들을 요즘에 만나게 된다. 안타깝게도 그들은 더 이상 내 기억 속의 그들이 아니다.

나 역시도 누군가에게 그럴 것이다. 지금은.
그래서 느낀 것은 지금밖에 없다는 것이다.
지금 말고는 다 필요 없다.

"그래서 스윙스야, 너 지금 뜨겁냐?"
"너 지금 잘하고 있냐?"

이 질문들만이 각자에게 중요하다는 것을
정말 뼈저리게 느껴.

어제는 갔고, 내일은 예약석이 아니야.

지금 뜨거워야 돼.
지금 멋있어야 해.
지금 잘해야 돼.
지 투 더 빼낀 금.

아버지의 편지

지훈아!
엄마가 네가 보내준 XXXX
은행에서 찾아다 아빠한테 주었어.
고마워, 엄마랑 좋은 데 쓸게!
지금은 숨죽일 때가 아니고 숨 고를 때니까
가능 최대한의 평정심을 유지하며
하나님 주실(반드시) 때를 대비하는 거다!
힘내자! 같이….

아빠가 자동차도 많이 해 봤고
특히 지난 17년간 자전거 여행 정말 많이 해 봤다!
지구 4바퀴 돌았네!
2만 5천 마일=4만 킬로가 한 바퀴니까…
많이 운동했고 또 매일 지금도
생활체육으로 하고 있지만
곧게 쫙 뻗은 길은 정녕 재미없다.

기복이 심하고 거친 길이 훨씬 재미있다.
도전적이니까!
젊음은 도전이다!
젊음은 실패를 두려워하면
죽음마저 두려워할 이유가 없다!
인생 한번밖에 없다!
굵게 살거라!

시시한 비바람은 개의치 말어!
내 아들 지훈이는
그렇게 흔들거리는 잔가지 아니다.
내가 어려서부터 관찰해 잘 알지!

아들, 힘내라!
내가 믿고, 너도 아는
살아계신 하나님은 약하고 어린 것 싫어하신다!
자빠져도 벌떡 일어나고
눈에서 피가 터져도 눈을 감지 않고
똑바로 앞을 보고 받아치는 이스라엘을
축복하셨고, 지금도 진행형이시다!

가능하면 짬짬이 놀러와.

조용한 시간에 와서

대화하고 밥도 먹고…

잘 자자!

아버지의 존재

실제보다 조금 더 묽게 표현한다면 우리 아버지는 '빡센' 사람이다. 체구도, 키도 매우 작으신 분이 10년 동안 미국에서 기업 빌딩 청소 아저씨, 세탁소, 식당 웨이터 등의 일을 주로 하셨다. 그 시간 동안 나와 형을 키우고, 박사학위 두 개를 취득하셨다.

내가 가장 선명하게 기억하는 90년대 초중반의 아버지는 논문 때문에 부서지듯 타자기를 쳤던 모습, 그리고 청소 아저씨로 일하실 때 유니폼으로 입었던 파랑티, 그리고 빡세게 소리 지르고 우리를 교육하는 모습이다.

나와 연년생인 우리 형은 아버지한테 엄청 빡세게 맞고 욕을 먹으며 컸다. 요즘 '가짜 사나이'라는 프로가 너무 재미 있어서 보는데 거기서 사용하는 어휘와 말투는 우리 아버지 어릴 때와 비슷

한데, 그 프로그램이 우리 아버지에 비해서는 순한 맛이라 해도 과언이 아니다.

당시에는 그것을 사랑이라 생각했고, 20대 후반에 들어서는 생각이 반대로 변해서 한동안 아버지를 미워했다.

내가 성격이 유독 유별나고 화가 많은 것은 어린 시절에 아버지의 교육법에서 나온 것이라고 확신했고, 그런 내 성격 때문에 자꾸 후회할 언행들을 하는 것 같아서였다.

시간이 조금 더 지난 최근에 들어서는 아버지와 매우 친해졌다. 빡센 아버지들은 보통 연세가 들면 성격이 매우 변하는데, 그렇다고 해도 아들과의 관계에 어색함이 오래 혹은 끝까지 가는 경우가 많다.

우린 노력중.

얼마 전에 아버지를 만나 태어나서 딱 두 번째로

내 고민을 그분에게 이야기했다. 그때의 대화를 축약하자면,

1. 난 아버지 앞에서 중학생 때 이후 처음으로 울었고

2. 그는 나를 위로하기도 했지만, 결국 '나를 죽이려는 누구든 다 잡아 먹어야 하지 않겠냐' 라고 했고

3. 그 말을 듣자마자 개빡쳐서 주먹이 쥐어지고 난 다시 파이팅 모드에 들어갔고, 그 다음 말은 들리지도 않았다. 그냥 빨리 작업실로 돌아가고 싶은 마음 뿐이었다.

4. 지금까지 그 에너지는 바뀌지 않았다. 난 비스트 모드에 돌입했다.

최근에 청량감을 많이 느꼈다. 안개가 빠졌다. 이제는 안다. 아버지가 아니었으면 난 매우 약했을 것이다.

가끔씩 상상해 봤는데 만약 내가 터지면서 자라지 않았다면 남성성이 아예 없는 마른 화가가 됐을 것만 같다(남성성 없는 마른 화가가 나쁘다는 것은 절대 아니다. 단, 난 그런 사람이 되고 싶지 않다).

앞서 아버지의 편지를 읽어 보면 느낄 것인데, 또 '약하지 말라'고 하는 내용에서 아버지 성격을 느끼고, 나를 얼마나 잘 아시는지도 느낀다.

좆밥 새끼로 키우지 않아주셔서
정말 감사한 마음이 든다.

모두 시간 날 때
아버지에게 감사하다고 얘기해요.

주제를 알아

‘주제를 알아라’라는 말은
겸손을 유도하는 말이기도 하지만
반대로 다른 큰 의미도 갖고 있다.

우리는 그 의미를 잊고 산다.

그것은 곧,
내가 얼마나 잘났는지도
역시 꼭 알아야 한다는 것이다.

무조건 숙이지도 말고,
또 내가 할 수 있다는 것을
절대 잊어서는 안 된다.

이기주의

자기부터 챙겨야 해. 언제나. 내 밥 그릇이 차서 여유가 있을 때 남한테 줄 수 있는 법이니까.

난 벌어도 봤고 잃어도 봤어. 잃고 또 벌어 봤고, 잃고 얻는 순환의 원이 커져가는 것을 경험하고 있지만, 변하지 않는 것은 자기를 먼저 챙겨야 한다는 사실이야.

벌 땐 사람 자체가 착해지거든. 더 해 주고 싶고, 그러다 호구가 되기도 하지.
한편, 잃기 시작하면 작은 것마저 손에 꽉 쥐게 되고, 무엇이든 뺏기는 것 같은 기분이 들어.

물론, 모든 것은 결국 항상 나아질 것이라는 믿음에 다시 기대게 될 때, 힘든 상황이라 할지라도 정신은 차릴 수 있게 돼.

정말로 정말로 힘들었던 때가 있었어(그런 때는 인생 살면서 수십 번 정도로 너무 많았지만).

그때엔 돈보단 무엇을 많이 잃었는지 알아?

자존감이었어. 나를 좋아하지 않았어. 한때 멋있다고 생각했던 과거의 나를 패러디하고 있었어.

나를 너무 안 좋아해서 남들 앞에 설 때 예전의 나인 척을 하느라고 모두를 불편하게 만들었어. 연기 못하는 연극인의 라이브 쇼를 본 적이 있다면, 그 오글거림과 불편함이 무엇인지 대충이라도 느낄 텐데, 그게 한때의 나였어.

그 전의 나는 비교적 남을 칭찬하는 것을 무진장 좋아했어. 작은 것도 크게 보는 사람이었어. 진심으로.

"우와, 너 온라인 게임 하는 능력 보니까 이 머리로 사업에 투자하면 너 진짜 좆되겠다."

"우와, 목소리 톤 너무 좋다. 너 진짜 쩐다. 이 기프트를 갖고 잘만 활용하면 너 누구랑 대화를 해도, 사업 제안을 해도, 이성을 꼬셔도, 넌 너가 원하는 삶을 다양하고 넓게 만들 수 있겠다. 해 봐!"

이런 타입이었고, 시니컬하고, 남이 잘 되는 것을 보기 싫어했던 측근들이 그런 내 모습에 대해서 비아냥대서, 그 영향이 나에게 크게 다가 온 기억도 있어.

"너는… 너무 관대해. 아무거나 다 쩐대."

그래서 한동안 본래의 나를 가리고 칭찬을 안 하기도 했었어. 한창 망가져 있던 나를 옆에서 도와줬던 내 사람들이 생각나네. 그들은 나를 계속 칭찬해줬거든. 내가 다시 나를 믿게 해 주려고 했던 의도가 느껴져서 따뜻했거든.

하지만 속 좁게도 난 받았던 칭찬들에 대해서 티키타카 해주지 못했어. 왜냐면 내가 주면 뺏길 것 같았거든, 그땐.

'난 한 개도 없는데, 어떻게 그걸 남한테 줘'라는 마음이 있었어.

많은 상처들을 치료하고, 붕대를 새로 갈고, 버리고, 뼈를 다시 튼튼하게 만들고, 새로 만들어진 나로 다시 돌아왔어. 아픔의 기억들은 여전히 있지만, 대신 더 단단해진 것이라 여유가 생겼어.

이제는 예전보다는 더 줄 수 있게 되었어.

왜냐면 내 창고 안엔
곡물을 어느 정도 채워 놨기 때문에.
줘도 아깝지 않을 만큼 다시 가졌기에.
내 밭을 내가 열심히 가꿨기에.

자기만 생각하면
외로운 삶이겠지만,

더워도 추워도 반드시
'자기가 일단 먼저'가 맞아.

〈쇼미더머니 9〉에 출연을 하게 되었다.
인정받기 위해서, 증명하기 위해서.
이 책이 세상에 나오고 나면
이미 위 문장은 현실이 돼 있을 것이다.

〈쇼미더머니 9〉에서 2차 미션을 했었다. 당시 며칠간 유튜브 인기 급상승 영상 1위를 했었다. 그 정도로 화제를 모았고, 나는 실제로 현장에서 만족감을 한참 넘어선 행복에, 합격 이후 무대에서 내려간 뒤 엉엉 울었다.

당시에 난 랩을 하기 전에
나를 의심하는 모든 사람들을
도발하는 말을 했다.

"랩을 먼저 하고 끝나고 토킹하죠."

이 말은 이미 내가 불구덩이에 들어가지 않을 것을 자신했기 때문에 이야기한 것이다(사실 만약 내가 탈락을 했다면, 저 한 문장은 내가 은퇴하고 난 이후에도 엄청난 놀림거리가 됐을 것이다).
"프로듀서 여러분, 걱정하지 마세요. 당신들 창피하게 하지 않을게요."라는 식으로 여유만만한 표정을 지으며 이야기했는데, 사실 위의 발언도 매우 위험한 말이 될 수가 있었다.

누구는 "도대체 쟤는 왜 저런 말을 해서 괜히 상황의 텐션을 더 높이려고 할까?"라고 물을 수 있다.

텐션이 높아야 결과도 그만큼
크게 다가오기 때문이다.
하이 리스크, 하이 리턴.

모두가 보는 앞에서 똑똑히 보여주고 싶었다.
난 나를 믿는다는 사실을,
그리고 이 정도로까지
자신을 어렵고 위험한 상황에 넣은 후에
제대로 된 퍼포먼스를 보여줬다면

다시 나를 인정하라고 약속을 받아낸 것이다.

이미 그때부터 〈쇼미더머니 9〉에서 더 이상 무언가를 '증명'하고 싶은 마음은 거의 사라져 있었다.

애초에 나의 목적은 증명이었는데,
사실 그 증명은 누구보다 내 자신에게
하고 싶었었던 것이었다.
그리고 나는 나를 보았다.
아직도 괴물이 살아 있다고 생각했다.

많은 사람들은
인정과 대우와 존경과 사랑을 원한다.
그러려면 리스크를 걸어야 한다.
공짜는 없다.

HEAT

초판 1쇄 발행 2020년 11월 25일
초판 25쇄 발행 2021년 01월 15일

지은이 스윙스
펴낸이 김기용 김상현

편집 전수현 **디자인** 이현진
마케팅 박혜진 최의범

펴낸곳 필름(Feelm) 출판사
등록번호 제2019-000086호 **등록일자** 2016년 6월 13일
주소 서울시 마포구 월드컵북로5가길 31, 2층 (서교동 447-9)
전화 070-8810-6304 **팩스** 070-7614-8226
이메일 office@feelmgroup.com

필름출판사 '우리의 이야기는 영화다'

우리는 작가의 문체와 색을 온전하게 담아낼 수 있는 방법을 고민하며 책을 펴내고 있습니다.
스쳐가는 일상을 기록하는 당신의 시선 그리고 시선 속 삶의 풍경을 책에 상영하고 싶습니다.

홈페이지 feelmgroup.com **인스타그램** instagram.com/feelmbook

ISBN 979-11-88469-65-9 (03810)

- 이 도서의 국립중앙도서관 출판예정도서목록(CIP)은 서지정보유통지원시스템 홈페이지(http://seoji.nl.go.kr)와 국가자료종합목록시스템(http://www.nl.go.kr/kolisnet)에서 이용하실 수 있습니다(CIP제어번호 : CIP2020042883).